Maria Hellmann
MARTHA NIMMT DIE AUSFAHRT

Maria Hellmann

MARTHA NIMMT DIE AUSFAHRT

Bibliografische Information der Deutschen Nationalbibliothek:
Die Deutsche Nationalbibliothek verzeichnet diese Publikation in der Deutschen Nationalbibliografie; detaillierte bibliografische Daten sind im Internet über http://dnb.dnb.de abrufbar.

TWENTYSIX
Eine Marke der Books on Demand GmbH

© 2021 Maria Hellmann

Herstellung und Verlag:
BoD – Books on Demand, Norderstedt

ISBN: 978-3-740-77997-9

Illustration: **Andreas Olsen**
Cover: **Karin Osten**
Lektorat: **Dr. Anke Kyber**
Korrektorat: **Wilfried Schönberger**

RASVAN

Martha protestierte nicht. Sie dachte auch gar nicht darüber nach, warum sie nicht protestierte. Aber sie spürte, dass es nichts mit Gefügigkeit zu tun hatte wie bei Karl. Bei Karl ordnete sie sich unter. Seit achtunddreißig Jahren. Bei dem Mann mit dem Tigerhemd war es der Bruchteil einer Sekunde, der ausreichte, geschehen zu lassen, was gerade geschah.

Karl wollte nur kurz zur Toilette und Martha starrte vom Beifahrersitz auf das junge Pärchen, das engumschlungen aus der Raststätte stolperte.

Würde ich alles anders machen, wenn ich könnte?

Den Schlüssel hatte Karl stecken lassen. Er wäre ja gleich wieder da.

Jetzt aber war es der Mann mit dem Tigerhemd, der den Motor von Karls Mercedes aufheulen ließ.

Martha kippte nach vorne, als er rückwärts aus der Parklücke stieß, um dann an der Tankstelle *Hockenheimring* vorbei auf die A6 zu rasen.

Bis zur Ausfahrt Speyer fiel kein Wort. Das waren genau sechs Minuten. Allerdings überschlug sich derweil in ihrem Kopf so einiges, ohne dass sie in der Lage war, irgendeine Ordnung hineinzubringen.

»Karl fährt nie über Speyer hinaus«, unterbrach Martha die Stille. »Karl entfernt sich immer nur eine halbe Tankfüllung von Günzburg. Wegen der Stammtankstelle an der Ulmer Straße.«

Das schien den Tigermann weniger zu interessieren. Der fingerte eine Zigarette aus der Brusttasche und fragte Martha, ob sie auch eine wolle. Das ›R‹ von ›Zigarette‹ rollte. Martha schüttelte den Kopf.

»In Karls Auto wurde noch nie geraucht.« Martha schaute dem Qualm hinterher, der sich an der Windschutzscheibe brach. Das wäre ihm *scheißegal*, sagte der Fremde und schnippte die Asche auf die Mittelkonsole. Jetzt wollte Martha doch protestieren, fragte dann aber nur nach seinem Namen.

»Rasvan«, rollte es mit dem Zigarettenrauch aus seinem Mund, während er sich mit der freien Hand durch die dichten schwarzen Haare fuhr. Eine Angewohnheit, die Martha kannte. Auch sie zupfte gerne an ihrer Frisur, wenn sich Unsicherheit einstellte und überspielt werden musste. Die Tiger waren offensichtlich nur auf dem Hemd und sie spürte, wie aus ihrem kleinen, dicken Körper die Spannung wich und sie auf ihrem Sitz zusammenrutschen ließ.

»Ich heiße Martha. Martha Müller. M&M.« Sie lachte. »Wo fahren wir denn hin?«

»Irgendwo. Scheißegal. Weg …«

»Irgendwo … aber sagen Sie mir wenigstens, *woher* Sie kommen.« Martha drehte sich ein wenig zu ihm hin.

»Nix fragen!«

»Ich dachte nur wegen der Sprache. Sie rollen das ›R‹ so stark. Ich dachte an Balkan.«

»Romania.«

»Rrrrrromania! Da lag ich ja richtig mit dem Balkan.«

Schade, dass das Karl jetzt nicht mitbekam. Martha klatschte in die Hände. »Und was machen Sie in Deutschland?«

»Nix fragen!« Rasvan nahm einen tiefen Zug, und die Glut der Zigarette blitzte auf wie eine Warnleuchte.

Martha schwieg, verschränkte ihre dicken Arme und schaute in die schmutzige Winterlandschaft. Sie war enttäuscht. Hinter Speyer hatte sie mehr erwartet. War doch Neuland! Da müsste es doch etwas zu bewundern geben!

Es war Brandgeruch, der sie aus ihren Gedanken riss. Rasvan hatte die Zigarette erfolglos in den Fahrtwind geschnippt. Jetzt sengte der Stummel ein Loch in Karls Mantel, der auf dem Rücksitz lag.

»Der Mantel, er brennt! Ich muss das Feuer ersticken. Bitte anhalten!«

Rasvan dachte nicht daran, und so schnallte sich Martha kurzerhand ab und versuchte, sich zwischen den beiden Sitzen hindurchzuzwängen. Das war nicht ganz einfach, und sie kam Rasvan so nahe, dass sie seine Körperwärme spüren konnte. Es war der Schweißgeruch, der sie den Mantel kurz vergessen ließ. Mit geschlossenen Augen und ohne sich zu rühren zog sie den Dunst genussvoll durch die Nase ein.

»Was du willst ersticken, mich oder die Mantel?«

Martha spürte, wie ihr das Blut in den Kopf schoss. Hastig schob sie sich über die Rückenlehne. Mit ihrer Handtasche haute sie auf die glimmende Stelle, bis sich nichts mehr rührte, wie sie sagte. Erschöpft rutschte sie zurück auf ihren Platz, legte den Gurt wieder an und stopfte die Haare zurück, die sich aus der Hochsteckfrisur gelöst hatten.

»Karls Geschenk zu meinem Fünfzigsten.« Sie drehte die Tasche und kontrollierte, ob sie Schaden genommen hatte. »Karls Mantel ... der ist nun hinüber. Und jetzt steht er an der Raststätte Hockenheimring Ost ohne Mantel. Und ohne Auto und ohne Frau ...Sie haben auch keinen Mantel. Sie laufen im Sommerhemd rum, mitten im Winter! Ein ungebügeltes Sommerhemd! Ich könnte Ihnen das in nullkommanix bügeln, wenn ich ein Eisen zur Hand hätte. Seit achtunddreißig Jahren bügele ich Hemden. Hat Karl in einem *Liebesbrief* an mich geschrieben ... ob ich jemanden wüsste, der seine Hemden bügelt. War quasi ein Heiratsantrag. Ich habe JA gesagt. Sind Sie verheiratet?«

»Du nix fragen!« Rasvan zündete sich eine zweite Zigarette an.

Dass er sie duzte, gab ihr ein Gefühl von Vertrautheit. »Wir haben drei Söhne ... die brauchen mich schon lange nicht mehr, haben ihr eigenes Leben. Eigentlich müssten wir jetzt in Speyer bei Karls Schwester Waldtraud sein. Die wurde Donnerstag siebzig. Die Feier haben sie aufs Wochenende verlegt. Im Kofferraum ist ein Frankfurter Kranz. Habe ich gebacken. Karl wünscht sich immer einen Frankfurter Kranz, wenn seine Schwester Geburtstag hat. Ist sein Lieblingskuchen. Haben Sie ... nein, ... hast *du* auch einen Lieblingskuchen?«

»*Rahat*!«, brüllte Rasvan und Martha prallte trotz Gurt gegen seine Schulter, um gleich wieder in ihren Sitz gedrückt zu werden.

»Warum rast du so? Wir sind doch nicht auf der Flucht!« Martha umklammerte den Haltegriff über dem Fenster.

»*Rahat, rahat ... politisti*, Bullen!«

Martha drehte sich um, und dann musste sie lachen. »Das ist Karls Telefon! Vielleicht ruft er gerade bei sich an oder es ist Waldtraud, wo wir denn bleiben.« Sie lachte mit dem ganzen Körper, hörte aber sofort auf, als Rasvan ihr seinen behaarten Arm vor die Brust schlug.

»Gib mir die Handy ... *imediat*!«

Martha erschrak, zog mit einer Hand den Mantel vom Rücksitz und griff in die Tasche, aus der das Martinshorn tönte.

»Verfickte Handy!«, schrie Rasvan und Martha konnte dem Telefon nur kurz hinterherschauen, als es aus dem Fenster flog.

»Wir sind auf der Flucht, stimmt's?« Martha schaute Rasvan mit einem verschwörerischen Lächeln an. »Wir sind auf der Flucht und ich bin deine Geisel. Bin ich doch, oder?«

Rasvan murmelte etwas auf Rumänisch, klopfte auf seine Brusttasche und holte die leere Zigarettenpackung raus, die er fluchend mit einer Hand zerknüllte und ebenfalls aus dem Fenster warf.

»War vielleicht auch die Polizei, die angerufen hat. Die suchen Karls Mercedes und möglicherweise auch mich. Karl wird der Polizei allerdings gesagt haben, dass ich ganz selten Auto fahre und nicht aus einer Laune heraus einfach weggefahren sein kann.« Sie nahm die Hand vom Haltegriff und setzte sich entspannt auf. Rasvan raste nicht mehr, hatte sich rechts eingereiht und fuhr auf die Raststätte *Wonnegau* bei Worms.

»Komm mit und nix reden.«, zischte Rasvan, als er die Beifahrertür öffnete und Martha bei der Schulter packte. Er kaufte drei Dosen Bier, zwei Fläschchen Korn und Zigaretten. Martha hätte gerne noch ein Wasser gehabt, aber sie durfte ja nichts sagen. Sie nahm die Drohung, die sich auch in Rasvans Blick widerspiegelte, ernst. Und mit diesem Blick kam auch die Angst, die bisher noch keine Möglichkeit gehabt hatte, sich zu melden. Ihre naive Unbekümmertheit war verflogen, der Druck auf der Blase kaum noch auszuhalten. Wortlos deutete Martha mit dem Kopf in Richtung Toiletten. Rasvan verstand, packte sie am Ärmel und schob sie zum Eingang. Fünf Finger hob er in die Luft. Auch Rasvan brauchte keine Worte, und sie wusste, dass sie genau fünf Minuten hatte. Die aufsteigenden Tränen schluckte sie weg. Gegen die aufkommende Panik, als sie ohne Geld vor der Sanifair- Schranke stand, konnte sie allerdings nichts tun. Während sie ihre Manteltaschen durchwühlte, musste sie andere Wartende vorbeiziehen lassen.

»Aber der Bon geht an mich.« Eine Frau drückte ihr die notwendigen siebzig Cent in die Hand. Die Dankbarkeit auf Marthas Gesicht löste sich hinter der verriegelten Tür gleich wieder auf. Nichts lief, außer der Zeit und den Tränen, die sie nun nicht mehr zurückhalten konnte. Soll er doch ohne mich fahren. Was hat er von mir? Soll den Mercedes nehmen und mich hier sitzen lassen. Ich in Wonnegau, Karl am Hockenheimring Ost.

Die Hände im hochgeschobenen Rock festgekrallt, weinte sie tonlos. Den Griff lockerte sie, als es endlich lief. Schien aber nicht aufhören zu wollen. Wann würden die fünf Minuten enden? Mit rasendem Puls zupfte sie Toilettenpapier aus dem Spender und hörte erst damit auf, als der letzte Tropfen fiel.

Zwei Handvoll kaltes Wasser sollten ihr verheultes Gesicht richten. Es anschließend unter den Luftstrom des Händetrockners zu halten, zog sie nur kurz in Erwägung.

Rasvan stand noch dort, wo er seine fünf Finger in die Luft gestreckt hatte. Die Bierdosen vor die Brust gedrückt, eine Zigarette zwischen den Fingern, folgte er Martha, die offensichtlich keine Zeit verlieren wollte und auf den Parkplatz zusteuerte.

Schweigend standen sie sich am Auto gegenüber, bis Martha schüchtern fragte, ob er ein Stück vom Frankfurter Kranz haben wollte. Der kommt heute eh nicht mehr zu Waldtraud, dachte sie und holte tief Luft.

»Weißt du überhaupt, was ein Frankfurter Kranz ist?« Martha wünschte sich, dass es wieder so wird wie es war, als sie sich wohlgefühlt hatte. Rasvan schüttelte den Kopf.

»Dann zeig ich ihn dir.« Frisch beflügelt öffnete sie den Kofferraum, während Rasvan frierend im Kurzarmhemd danebenstand, Bier aus der Dose trank und rauchte.

»Wie schön . . . trotz der Raserei sind alle kandierten Kirschen noch da, wo sie hingehören!« Stolz hielt sie den Deckel vom Tortenwunder in die Höhe und überlegte, wie sie ohne Messer zurechtkommen sollte, aber da versenkten sich schon Rasvans Finger im Geburtstagskuchen. Er brach sich einfach ein Stück heraus, ließ seine Zigarette von den Lippen fallen und stopfte sich den Brocken in den Mund. Martha schaute gekränkt einer kandierten Kirsche hinterher, die auf die braun-beige karierte Wolldecke gekullert war.

»Gud!« sagte Rasvan und leckte sich die Finger ab, mit denen er sich gleich ein weiteres Stück herausbrach. Martha legte den Deckel vom Tortenwunder beiseite, zögerte etwas und griff dann auch in den Kuchen. Sie lachte mit vollem Mund, und auch Rasvan lachte, bevor er die Bierdose ansetzte, um alles hinunterzuspülen. Dann drängte er zum Aufbruch.

»Karl fährt nie Auto, wenn er Alkohol getrunken hat.«, sagte Martha, die umständlich mit einem Finger die Beifahrertür öffnete.

»Dein Karl ist scheissegal!« antwortete Rasvan und wischte seine klebrigen Finger im Autositz ab.

»Wenn Karl . . .«

»Noch einmal diese Karl, dann rrrraus!« Rasvan war richtig böse, das *R* von *raus* wollte gar nicht mehr aufhören zu rollen. Martha zuckte zusammen und suchte so geräuschlos wie möglich im Handschuhfach nach Erfrischungstüchern. Erst als ihre Hände nicht mehr klebten, zog sie sich den Gurt über den Bauch. Sie musste mehrfach nachfassen, bis die Länge stimmte und das Endstück einklickte. Raus wollte sie jetzt doch nicht mehr.

»Ich bin zu dick, stimmt's?«

»Mir egal.«

Dass es Rasvan nicht *scheissegal* war, klang in Marthas Ohren fast wie ein Kompliment. Karl war es auch egal. Aber eben anders. Unpünktliche Mahlzeiten waren Karl nicht egal. Sie schaute nach draußen, wo die Landschaft noch immer nicht das bot, was sie erwartete. Im Gegenteil, sie wurde immer flacher und lag teilweise unter Plastik.

»Spargel.«, sagte Martha. »Unter den Folien wächst Spargel. Geht bald wieder los. Ist mein persönlicher Jahresanfang. Ich habe immer das Gefühl, dass mit dem Spargel alles wieder von vorne anfängt. Spargel mit Pellkartoffeln, Kochschinken und Buttersoße. Keine Experimente, sagt Karl jedes Jahr.« Sie schlug die Hand vor den Mund wegen *Karl*, aber Rasvan hatte das gar nicht bemerkt. Vielleicht hörte er gar nicht zu.

»Ich würde Spargel gerne mal anders kochen.«

»Dann mach doch . . . «

Offensichtlich hatte er doch zugehört. Darüber freute sich Martha.

»Magst du Spargel?«

»Fleisch.« Rasvan zeigte auf den LKW, den sie gerade überholten. *Vorsicht lebende Tiere,* las Martha. Im LKW waren keine Tiere. Vielleicht, weil Wochenende war.

»Warum soll man Rücksicht nehmen auf die armen Tiere, wenn sie auf dem Weg zum Schlachthof sind? Manchmal hört man im Radio, dass ein Tiertransporter auf der Autobahn verunglückt ist. Dann wird vor herumlaufenden Schweinen gewarnt und ich wünsche mir jedes Mal, dass wenigstens ein paar abhauen können, nicht mehr gefunden werden und sich ein schönes Leben machen können.«

Rasvan sagte dazu nichts und als Martha fragte, ob sie sich eine Dose Bier nehmen könne, sagte er ja. Nur ihr großer Durst ließ sie den widerlichen Geschmack überwinden. Rasvan schien ihre Abneigung zu bemerken.

»Nimm anderes, schmeckt gud.« Er streckte sich, fuhr mit der Hand in die Hosentasche und hielt ihr ein Fläschchen mit dem Korn hin.

»Oh, ich trinke solche Sachen nicht!« Martha schob seine Hand weg.

»Is gud. Trrrinken!«

Aus Angst, ihn zu enttäuschen, griff sie nach dem Fläschchen, drehte langsam an dem roten metallenen Verschluss und hielt ihre Nase an die Öffnung.

»Trrrrinken!«

Das waren zu viele *Rs*. Martha schloss die Augen, nahm einen Schluck und konnte es nicht verhindern, sich schütteln zu müssen. Zumindest schmeckte das Bier jetzt besser, und weil sie Durst hatte, trank sie eine halbe Dose. Rasvan lachte und zeigte auf den Schnaps.

»Noch eine Schluck!«

Den handhabe sie wie bittere Medizin: Sie hielt die Luft an und spülte mit Bier nach. Jetzt klopfte Rasvan lachend aufs Lenkrad und auch Martha lachte. Ein unkontrolliertes Lachen, aber keineswegs unangenehm und irgendwann lachte sie nur noch, weil sie so lachen musste. Dabei trank sie Bier im Wechsel mit Schnaps. Auch Rasvan machte sich einhändig eine Dose auf, wobei das Bier aus der Öffnung schäumte und sich auf seine Hose und den Sitz ergoss. Jetzt lachte Martha Tränen und haute ihren Kopf mehrfach gegen die Nackenstütze. Die Landschaft draußen fand sie gar nicht mehr so schrecklich und als sich Rasvan eine Zigarette anzündete, wollte sie auch eine. Als gehöre sie dazu – wozu auch immer –, haute er ihr anerkennend auf die Schulter und hielt ihr die Packung entgegen. Es fiel ihr schwer, eine zwischen die Finger zu bekommen, also nahm sie die ganze Schachtel, hatte dann aber gleich drei Zigaretten in der Hand. Eine schob sie sich zwischen die Lippen und die beiden anderen zerbrach sie beim Versuch sie zurückzustecken.

»*Eşti vacă proastă!*«, das klang nicht freundlich. Trotzdem hielt er ihr das Feuerzeug hin. Dass sie zwei Flammen sah, machte sie stutzig und forderte eine Entscheidung ab, auf die Rasvan offensichtlich nicht mehr länger warten wollte, denn das Auto schlingerte schon. Fluchend warf er das Feuerzeug auf ihren Schoß.

»Nix mehr lache!«

Das war für Martha nicht einfach, hörte aber von selbst auf, als sie den ersten Rauch aus ihrer Lunge hustete.

»Sehr gud . . . « Wieder klopfte er ihr auf die Schulter, zündete sich eine Zigarette an und zeigte ihr, wie sie den Rauch tief einatmen musste. Martha hörte gar nicht mehr auf zu husten. Ihr wurde schwindelig und sie dachte, das liege am Duftbäumchen, das am Rückspiegel hin und her pendelte. Sie schloss die Augen, aber das machte es nicht besser. Aufgeben wollte sie nicht. Schon wegen der neuen, ungewohnten Kraft nicht, die im Begriff war, sich in etlichen Fasern einzunisten, auch wenn ihr Körper gerade etwas außer Kontrolle schien. Sie rauchte so lange, wie auch Rasvan rauchte. Der Geschmack im Mund blieb und sie überlegte, ob ein Erfrischungstuch die Lösung wäre.

»Was ist mit Geld?«, Rasvan klopfte auf die Tankanzeige.

»Ich habe nur das Restgeld vom letzten Einkauf im Portemonnaie, aber ich schau mal bei . . . meinem Mann nach. Martha beugte sich schwerfällig nach hinten, erwischte den Mantel nach dem dritten Versuch, zog ihn vom Rücksitz und plumpste zurück. Sie schloss die Augen und atmete konzentriert mit offenem Mund, bevor sie die Innentaschen abtastete. Triumphierend wedelte sie mit Karls Brieftasche in Rasvans Blickfeld herum. Der schob ihre Hand beiseite und fragte, »wieviel?«

Martha zählte nach. »Fünfundneunzig. Das ist zu wenig.«

»Reicht für tanken.«

Martha reichte das nicht. Koblenz war die nächste Ausfahrt.

»In Koblenz wohnt Irene. Meine Cousine. Die habe ich schon eine Ewigkeit nicht mehr gesehen. Und in Koblenz gibt es sicherlich eine Sparkasse.« Jetzt wedelte sie mit der Bankkarte.

Mit den Händen formte sie einen Lautsprecher vor ihrem Mund. »Bitte nehmen Sie die Ausfahrt!« Es war knapp, aber es reichte, um die Autobahn bei Metternich zu verlassen.

IRENE

Martha blätterte in Karls Notizbuch, in dem sie nicht nur Irenes Anschrift suchte, sondern auch die Geheimzahl für die Bankkarte. *Du brauchst keine eigene Bankkarte*, hatte Karl wiederholt, wenn sie darauf hinwies, dass es doch praktischer wäre. Da Karl der Technik nicht bedingungslos vertraute, hielt er die Daten, die sich gewöhnlich als Telefonnummer getarnt auf dem Handy befanden, zusätzlich handschriftlich fest. Unter ›S‹ fand sie, was sie suchte. *Spar*ling Horst, und die Zahlenfolge hinter der Vorwahl von Günzburg.

»S-P-A-R-ling . . .« Sie kicherte wie herumalbernde Mädchen. »Verstehst du? S-P-A-A-A-A-R, wie Sparkasse! Und dann noch Horst ...« Martha lachte wieder Tränen, Rasvan aber fand das gar nicht komisch.

»Wo ist Spaaaaakasse?«

Er solle sich einfach Richtung *Schentrum* halten, das Sprechen funktionierte nicht mehr wie gewohnt. Auch drehte sich im Kopf so einiges und sie musste sich konzentrieren, um auf die Schilder achten zu können. Als sie über eine Brücke fuhren und sie aufs Wasser schaute, erinnerte sie sich an einen Schulausflug in der sechsten Klasse, als sie bei strömendem Regen und frierend am Deutschen Eck standen. Ob das nun der Rhein war oder die Mosel, konnte sie nicht sagen. Aber dass hier bei Koblenz die Mosel in den Rhein mündet, das hatte sie nicht vergessen, und das machte sie ein bisschen stolz.

»Da vorne … rot und mit Parkplatz!«

Beide stiegen aus und gingen zur Eingangstür, an der Martha verärgert rüttelte, weil sie geschlossen war.

»Du musst hier Karte rein.«, sagte Rasvan und wollte sie ihr aus der Hand nehmen. Aber das wollte Martha nicht. Zur wiedergewonnenen Unbekümmertheit gesellte sich eine leise Ahnung, dass es so besser wäre. Sie steckte die Karte in den Schlitz und Rasvan, der sie um zwei Köpfe überragte und dicht hinter ihr stand, drückte die Tür auf, als es summte. Ein Blick ins

Cockpit eines Flugzeugs war zweifellos verwirrender. Hatte sie im Fernsehen gesehen und sich gefragt, wofür die unzähligen Schalter und Hebel da waren. Jetzt stand sie vor einem Bankautomaten, das erste Mal in ihrem Leben und ganz ohne Karl. Sie musste weder starten noch landen, die Tasten waren übersichtlich, das Display hieß sie willkommen. Das fand sie sympathisch. Rasvan dafür immer weniger, der klebte ihr schon wieder nervös am Rücken, aber sie bestand darauf, alles selbst zu erledigen. Ohne Anweisungen von einem Mann im Tigerhemd oder vom Tower.

»Irgendwann muss ich ja mal damit anfangen.« Mit viel Ruhe – alleine schon ihr Zustand erforderte das – las sie alle Informationen und Rasvan meinte, dass sie damit nicht gerade heute anfangen müsste.

»Hier Karte rein.«

»Das habe ich auch schon gesehen.« Die Karte kam aber gleich wieder raus und Rasvans Hände fuhren blitzschnell dazwischen.

»Anders rein.« Er griff nach der Karte, aber Martha drückte sie an ihre Brust.

»Du kannst den Mercedes haben, den will ich gar nicht. Aber das hier mache ich ganz alleine.« Sie musste sich mit einer Hand an der Wand abstützen, auch weil ihr leicht übel wurde, als sich eine Eieruhr auf dem Display drehte.

»*Abhebung*. Hier drucken.« Den Schweißgeruch, der ihr vor gut zwei Stunden ein leichtes Kribbeln verursacht hatte, fand sie jetzt abstoßend.

»Ich kann auch lesen . . .«, Martha machte einen halben Schritt zurück, um Rasvan abzudrängen.

»*Andere Betrag* drucken . . .« Rasvan schob sie den halben Schritt wieder nach vorne.

»Und was mach ich da?«

»Schreib tausend.«

»Tausend? Das ist viel. Geht das überhaupt?«

»Schrrrreib . . .«

Widerspruchslos gab sie die Zahl ein und Rasvan drückte die grüne Taste.

»Rasvan, lass das!«

»Siehst du, ged doch tausend . . .«, er grinste.

Geben Sie Ihre Geheimzahl ein, las Martha und befolgte den Hinweis, ihre Hand schützend über die Tastatur zu halten. Das war ihr auch wichtig, denn Rasvan war ohne Zweifel ein Krimineller.

Die Hand musste sie aber gleich wieder wegnehmen, die brauchte sie, um in Karls Notizbuch zu blättern, denn die Geheimzahl hatte sie nicht im Kopf. Mit der Linken hielt sie die entsprechende Seite geöffnet, mit der Rechten tippte sie im Verborgenen.

Einen Moment bitte . . . wieder drehte sich die Eieruhr und dann kam die Karte aus dem Schlitz. Während Martha danach griff, schnappte sich Rasvan das Geld, das sich aus der Klappe schob.

»Rasvan! So geht das nicht, das ist mein Geld!« Martha hielt fordernd die offene Hand hin. »Gib mir die Scheine, sonst . . .«

»Sonst was?«

»Sonst rufe ich die Polizei!«

Rasvan lachte mit dem Kopf im Nacken und direkt in die Überwachungskameras hinein.

»Rrrraus!«

Martha stolperte nach draußen. »Rasvan, du willst weg und ich will weg. Verstehst du? Ich will auch weg! Und ich brauche Geld. Das ist mein Geld! Ich hätte dir sowieso etwas abgegeben, aber eben nicht alles. Und dann hast du ja auch noch das Auto!«

Martha sah sich schon mit dem Restgeld des letzten Einkaufs zurückgelassen, umso mehr überraschte es sie, als Rasvan ihr die Scheine entgegenstreckte.

Jetzt wollte sie es nur noch hinter sich bringen, zählte dreihundert Euro ab und stopfte den Rest in ihre Handtasche.

»Noch eine . . .«

»Was *eine*? Ich gebe dir noch fünfzig und dann kannst du verschwinden. Ich komme von nun an alleine zurecht.« Das sagte Martha mit fester Stimme, hinter der sich die Unsicherheit verbergen konnte. Aus Karls Mercedes holte sie noch die Erfrischungstücher, die im Handschuhfach lagen. Dann war es wie ein Abschied. Auch von Rasvan.

Der saß schon hinterm Steuer und beugte sich zur geöffneten Tür der Beifahrerseite. »Frrrrankefuter Krrrranz gud!« Martha lachte und schlug die Tür zu. Sie rief ihm noch hinterher, dass er auch Karls Mantel behalten könne, aber das konnte er nicht mehr hören.

Neunzehn Minuten zu Fuß zum Deutschen Eck. Neunzehn Minuten – die konnte sie sich leisten. Sie konnte sich gerade alles leisten. Nur

Angst zu haben, das konnte sie sich nicht leisten, und deshalb setzte sie auf das Gefühl der Freiheit. Zum Klacken ihrer Absätze schwenkte sie ihre Handtasche hin und her und rechnete nach, wieviel Geld sich darin befand. Zählte sie das Kleingeld aus ihrem Portemonnaie dazu, dürften es rund siebenhundertfünfzig Euro sein.

Fünfzig Pfennig hatte sie dabeigehabt, als sie vor etlichen Jahren am Deutschen Eck stand. »Damit du dir am Kiosk was kaufen kannst«, hatte ihre Mutter gesagt. Das war wenig, allerdings hatte sie damals noch das ganze Leben vor sich und jetzt war davon nicht mehr so viel übrig.

Es fing an, leicht zu regnen. Da Marthas Schirm im Kofferraum bei den Kuchenresten lag, hielt sie Ausschau nach einem Taxi, wurde dann aber vom Reiterdenkmal abgelenkt. Auf dem monumentalen Sockel wehte damals nur die Deutschlandfahne. Ein Mahnmal der Deutschen Einheit, hatte Herr Breinig, der Klassenlehrer, erklärt. Das Reiterstandbild Wilhelm I. sei im Zweiten Weltkrieg zerstört worden. Martha wollte wissen, warum der Wilhelm mit seinem Pferd jetzt wieder auf dem Sockel thronte. Die Neugierde war neu. Sie wollte sich darum kümmern, ganz ohne Karl.

Sie salutierte dem grünspanigen Kaiser und freute sich über die erste Aufgabe in ihrem neuen Leben, zumal das momentane Herumschlendern noch ziellos war. Was hatte sich in all den Jahren doch alles verändert, während ihr Leben im Tag-ein-Tagaus stehengeblieben war!

Die Betonbänke mit den Sitzflächen aus Holz hatte es damals nicht gegeben, die Seilbahn über den Rhein, da war sie sich sicher, auch nicht, und an solch einen schönen Spielplatz konnte sie sich auch nicht erinnern. Sie erinnerte sich an eine Rutsche und an eine Schaukel, auf der nur die Stärksten saßen. Da gehörte sie nicht dazu. Sie gehörte zu denen, die gehänselt wurden, weil sie mit zwölf schon zu dick war.

Der Spielplatz war leer und hinterließ eine Traurigkeit wie eine unbewohnte Siedlung. Das brauchte Martha jetzt nicht. Martha brauchte ein Taxi und einen trockenen, warmen Ort. Der Regen hatte zugenommen, er tropfte aus den Haaren und versickerte im Mantel. Sie erwischte eins an der Peter-Altmeier-Uferstraße. Glücklich schien der Fahrer nicht, als sich Martha mit tropfendem Mantel auf der Rückbank niederließ. Aber Martha war glücklich. Wie eine Königin saß sie im Fond, eine warmherzige Königin, die feierlich Irenes Adresse verkündete.

»Stimmt so.« Die Großzügigkeit klang in den Worten mit, als sie dem Fahrer den Zwanzig-Euro-Schein entgegenstreckte. Fünfeurofünfundvierzig Trinkgeld. Das reichte, um ohne Hemmungen einen nassen Sitz zurückzulassen.

Rhododendron. Ein Teppich immergrüner Bepflanzung und mittig eine Schneise aus grauen Granitstufen, die zum zweiflügeligen Eingang eines Walmdachbungalows führte. Noch musste sich Martha beim Gehen auf ihre Füße konzentrieren, aber es ging ihr schon viel besser und auch der Schwindel war verschwunden. Ohne zu zögern, drückte sie auf die Klingel. Die kleine Melodie spielte immer noch, als sich ein dunkler, größer werdender Schatten auf dem ockerfarbenen Riffelglas zeigte.

Dann öffnete sich der rechte Flügel der Tür.

»Ja bitte?« Der Ton hatte etwas Vorwurfsvolles.

»Hallo Irene!« Martha wollte wie eine freudige Überraschung klingen.

»Also ich …«, dann zog Irene die Augenbrauen zusammen und die Stimme ging nach oben. »Martha? Bist du das?«

»Ja, das bin ich …« Eine Weile standen sie sich wortlos gegenüber. Irene mit verschränkten Armen im Türrahmen und Martha im offenen Wintermantel auf der großzügigen Fußmatte.
»Ich hätte dich aber auch kaum wiedererkannt, wenn da nicht *Fackelmann* auf dem Klingelschild stehen würde.« Sie zeigte auf das getöpferte Familienglück zu dritt.

»Was machst du hier in Koblenz? Alleine … und wo ist Karl? Aber komm doch erstmal rein …«

Ihre zwei Jahre jüngere Cousine ging voran, den Blick dabei besorgt auf den nassen Mantel und die Orientbrücke im Flur konzentriert.

»Den hängen wir gleich mal im Heizungskeller auf!« Sie nahm einen Kleiderbügel von der Garderobe und hielt ihn Martha entgegen, die blind hineinlief, weil ihre Aufmerksamkeit von einer ausladenden Elchtrophäe über der Wohnzimmertür beansprucht wurde. Sie spürte den Kleiderbügel wie eine Schwertspitze auf ihrer Brust, das Wort *hängen* schwang in ihrem Kopf und sie dachte an Hinrichtung. Irene hätte Gründe. Als sie Kinder waren und nicht selten bei Familienfeiern aufeinandertrafen, hatte sie unter Martha zu leiden gehabt. Nicht nur die zwei Jahre Altersunterschied gaben Martha Überlegenheit, da war schon immer mehr Körpermasse im Vergleich zur schmächtigen Cousine, an der sie sich für die Schikanen ihrer Klassenkameraden rächte. Bohnenstange. Vogelscheuche. Dürr ist sie heute noch, stellte Martha fest. Die störrischen Haare mittlerweile grau, aber mittels einer extremen Kurzhaarfrisur gebändigt. Ob sie noch sauer ist, weil ich bis heute nicht zugegeben habe, dass ich es war, die an Opas Fünfundsechzigstem alle Kaninchenställe aufgemacht hatte?

»Den Mantel Martha, zieh ihn aus!«

Martha zuckte zusammen. »Natürlich, ... der Mantel. Entschuldigung ...«

Es war nicht einfach, aus dem klatschnassen Mantel herauszukommen. Martha schwankte und stieß gegen Irene, die noch mit dem Bügel in der Hand herumstand.

»Tschuldigung!« hauchte sie ihrer Cousine direkt ins Gesicht.

»Martha, hast du getrunken?«

Martha ahnte, dass eine Antwort gar nicht erwartet wurde, dass es sich lediglich um eine Feststellung handelte. Sie sagte trotzdem »Ja« und grinste. Dann reichte sie ihr den Mantel. »Mein Kostüm scheint auch nicht ganz trockengeblieben zu sein.« Sie fuhr mit beiden Händen über den wollenen Zweiteiler.

»*Da* kann ich dir leider *nicht* aushelfen.« Mit einem zynischen Lachen verschwand Irene im Keller und rief ihr noch zu, doch bitte die Schuhe auszuziehen. Die waren auch nass, und die blickdichte Strumpfhose klebte an den Beinen.

»Hat Bruno den geschossen?« Martha zeigte auf den Elchkopf, als Irene wieder aus dem Keller kam.

»Nein, Bruno schießt nicht, der schweißt nur.« Jetzt war das Lachen nicht mehr zynisch, eher erwartungsvoll. Aber diese Erwartung wollte Martha nicht bedienen. Wirklich witzig war ihre Cousine noch nie gewesen. Die schob Martha mit beiden Händen in ein Wohnzimmer mit großem Panoramafenster und viel Blick in einen geordneten Garten.

»Schön habt ihr's hier.«

»Ihr habt uns nie in Koblenz besucht.«

»Wegen der Stamm -Tankstelle in der Ulmer Straße.«

»Wegen einer Tankstelle?«

»Karls Prinzipien. Will ich jetzt aber gar nicht länger erklären.« Dass Karl Bruno nicht mochte, wollte sie nicht erwähnen.

»Wo ist er überhaupt, dein Karl? Und wie lange ist das her, dass wir uns das letzte Mal gesehen haben?« Irene zeigte auf ein Sofa mit vielen Kissen und Martha setzte sich. Sie selbst nahm den Sessel, schob ihn aber vorher etwas näher ran.

»Wie lange bist du mit Bruno verheiratet?« Martha nahm eins der Kissen und drückte es sich wie ein Schutzschild vor den Bauch.

»Im Mai waren es zweiunddreißig Jahre.«

»Dann haben wir uns vor zweiunddreißig Jahren das letzte Mal gesehen.« Martha schlug mit der Handkante in das Kissen zu ihrer Rechten einen Kniff hinein, so wie Karl es gerne hatte. »Das war auf eurer Hochzeit in Blaubeuren im *Hotel zum Ochsen*. Ingo war fast fünf Jahre alt, Markus zwei und ich hochschwanger mit Alexander. Mir war hundeübel, wie bei den vorangegangenen Schwangerschaften auch, und zwar geschlagene neun Monate lang. Aber ich habe trotzdem alles mitgegessen, was auf den Tisch kam.« Jetzt klatschte sie mit der flachen Hand gegen das Kissen und der Kniff verschwand. »Momentan ist mir auch ein bisschen übel, bin aber nicht schwanger!« Sie lachte. »Ich habe seit heute Morgen ... nein, falsch, seit ...«, sie schaute auf die Uhr, »seit gut drei Stunden nichts mehr gegessen. Und das waren nur zwei Brocken vom Frankfurter Kranz.«

»Brocken?«

»Wir hatten kein Messer dabei.«

»Kein Messer? Und wo *dabei*? Und wer ist *wir*? Karl? Wo ist Karl eigentlich, ja und was machst du hier ganz alleine?«

»Da muss ich von vorne anfangen. Aber ein Kaffee und ne Kleinigkeit zu essen, das wäre nicht schlecht. Und vielleicht könnte ich mir in der Zwischenzeit die Haare trockenfönen, ich friere am Kopf.«

»Na das sieht ja schon viel besser aus.« Irene stellte das Tablett mit den Kaffeebechern und einer Schale mit Keksen auf den Couchtisch.

»Ohne Kamm oder Bürste, nur mit zehn Fingern.« Martha stopfte sich gleich zwei Kekse in den Mund.

»Milch? Zucker?«

»Beides.«, das sagte sie hinter vorgehaltener Hand, wegen der Krümel.

»Habe ich mir gedacht.«

»Gekaufte Kekse.« Diese Bemerkung konnte sie sich nicht verkneifen und beim F von *gekauft* ließ sie Krümel aus ihrem Mund sprühen, wegen des *Habe-ich-mir-gedacht*.

»Bäckst du immer noch so gerne?« Irene reichte ihr den Becher nicht ohne einen Blick auf den Teppich zu werfen.

»Gerne und gut.« Martha nahm noch einen Keks.

»Nimm doch die ganze Schale ... wegen der Krümel. Aber jetzt erzähl doch mal.« Irene lehnte sich zurück, umschloss ihren Becher mit beiden Händen und schlug die Beine übereinander.

»Ist Bruno gar nicht zu Hause?« Martha klopfte sich Krümel vom Rock.

»Auf Montage. Manchmal eben auch an den Wochenenden. Noch zwei Jahre, dann ist Schluss.«

Davor hatte Martha Angst. In zwei Jahren würde auch Karl nicht mehr morgens zur Arbeit aus dem Haus gehen und sie beneidete Irene um die freien Wochenendenden.

»Aber jetzt erzähl doch mal, du wolltest von vorne anfangen und da tut Bruno gerade nichts zur Sache.«

»Ich bin entführt worden.«

»Du bist was?!« schrie Irene und nahm den Kaffeebecher von den Lippen.

»Also das war so … Karl ging zur Toilette auf der Raststätte, wir waren auf dem Weg zur Geburtstagsfeier seiner Schwester, und hatte den Schlüssel stecken lassen. Und dann saß plötzlich ein Mann im Tigerhemd neben mir und raste wie ein Wilder zurück auf die Autobahn.«

»Martha! Mein Gott … was wollte der von dir?«

»Der wollte nicht mich. Der wollte das Auto und ich saß zufällig drin. Der hatte keine Zeit, mich aussteigen zu lassen. Der muss wohl aus den Klauen anderer Gangster entwischt sein, hatte ja nur ein Sommerhemd an.«

»Ein Gangster!? Was hast du gemacht? Hast du geschrien oder bist du vor Angst in Ohnmacht gefallen? Ich wäre mit Sicherheit in Ohnmacht gefallen ... ach was, ich wäre gestorben!« Irene stellte ihren Becher auf dem Wohnzimmertisch ab.

»Ich habe gar nichts gemacht. Hast du noch Kekse?«, Martha hielt ihr die leere Schale hin.

»Du hast nichts gemacht und isst auch noch seelenruhig Kekse?! Wir sollten die Polizei rufen!«

»Lass mich doch zu Ende erzählen, aber erst die Kekse.«

Irene ging ungern in die Küche, kam schnell wieder zurück und brachte gleich die ganze Packung mit. Bevor sie sich in den Sessel fallen ließ, machte sie das Licht an, denn mittlerweile saßen sie fast im Dunkeln.

Martha erzählte mit vollem Mund vom Loch im Mantel, von Karls Handy, das nun bei Worms in der Landschaft lag, vom Frankfurter Kranz, den sie mit Händen gegessen hatten, vom Bier und vom Schnaps und dass sie die erste Zigarette ihres Lebens geraucht hatte. Von ihrer Angst, die sie an der Raststätte Wonnegau eingeholt hatte, erzählte sie nichts. »Ich war seine Geisel.« Das sagte sie nicht ohne Stolz.

»Seine Geisel?! Und warum bist du jetzt hier?«

»Als ich die Ausfahrt Koblenz sah, dachte ich an dich und wir brauchten Geld, wegen Tanken. Ich habe ihm dann den Mercedes geschenkt.«

»Du hast ihm den Mercedes geschenkt? Hat er dich deswegen laufen lassen?«

»Nein, ich glaube Rasvan war froh, dass er mich los wurde.«

»Rasvan?! War das ein Ausländer?«

»Rumäne.« Martha stellte die Kekstüte auf den Tisch und nahm den Kaffeebecher.

»Ein Rumäne! Martha, wir *müssen* die Polizei einschalten! Und was ist überhaupt mit Karl, hast du ihn erreichen können? Willst du von hier aus …«

»Nein, will ich nicht und ich will auch nicht, dass er weiß, wo ich bin.«

»Du willst nicht, dass er weiß wo du bist?!« Irene stand auf und nahm das Telefon vom nussbaumfarbenen Sideboard, dessen Anschaffung mit der beigen Gabardine-Hose und dem dunkelbraunen Rollkragenpullover zusammengefallen sein könnte. »Ich versteh gar nichts mehr!«

»Musst du auch nicht. Ist grad alles richtig so und so soll es auch bleiben.«

»Nur *hier* kannst du nicht auf ewig bleiben, das ist dir doch klar?«

Das wollte Martha auch gar nicht, aber sie musste sich eingestehen, dass sie keinen Plan hatte, wobei sie es nicht unangenehm fand, planlos zu sein, wo doch ihr bisheriges Leben so furchtbar nach Plan verlaufen war.

»Wenn ich die Nacht hier verbringen könnte, das wäre nicht schlecht.« Sie kippte den Kopf nach hinten für den letzten Schluck Kaffee.

»Ich weiß nicht, was ich von dem Ganzen halten soll. Was soll daran richtig sein, dass du entführt wurdest und jetzt nicht mehr nach Hause willst? Karl wird sich Sorgen machen!«

Martha überlegte, ob die erste Sorge ihr oder dem Auto gelten würde. Ich werde in Zukunft Spargel anders kochen. Rasvan hatte *mach doch* gesagt. Und jetzt mache ich.

Das Telefon klingelte in Irenes Hand. Martha erschrak und hielt den Zeigefinger vor die zusammengepressten Lippen.

»B-R-U-N-O«, lautlos formte Irene jeden Buchstaben und ließ ein »Hallo« folgen.

»Du kommst also erst Mittwoch zurück … ja, ich denke an die Altpapierabholung … nein, alles in Ordnung«, dabei blickte sie mit gekräuselter Stirn auf Martha.

Abendbrot gab es in der Küche und Irene bestand weiterhin darauf, Karl zu informieren. »Wenn du das machst, dann …« Als sie Kinder waren, hatte diese Drohung immer gewirkt. Während Martha die Leberwurst mit dem Messer aus der Pelle pulte, erzählte sie Irene von den Vögeln, die sie von ihrem Küchenfenster jahrein, jahraus beobachtete. Die wie eine Maschine taten, was sie tun mussten. Nestbau, Brüten, Füttern. Genetisch gesteuert, ohne darüber nachzudenken. Sie erzählte ihr, nicht ohne Hoffnung auf Verständnis, wie oft sie sich gewünscht habe, ein Vogel zu sein. Nicht nachdenken zu müssen beim Funktionieren.

»Irgendwie passte es, dass Rasvan mich entführt hat. Ich hab gedacht, das ist jetzt der Moment, die Gelegenheit. Egal was kommt …« In aller Ruhe verteilte sie die Leberwurst, nahm sich eine Gurke aus dem Glas, schnitt sie in Scheiben und legte sie in einem grafischen Muster auf das Brot.

»Du bist wahnsinnig, das kannst du nicht machen! Wovon willst du leben und wo?«

»Da musst *du* dir keine Sorgen machen.« Martha machte einen großen Biss. »Tu mir lediglich den Gefallen und rufe Karl nicht an.« Das sagte sie mit vollem Mund.

Irene bekam keinen Bissen runter, und nachdem sie den Abendbrottisch wieder abgeräumt hatte, bezog sie das Bett im ehemaligen Kinderzimmer.

In einem braunen Frotteeschlafanzug von Bruno lag Martha auf dem Rücken und schaute auf die Lampe an der Decke. Ein hellgrauer Schirm mit Disneyfiguren. Das sprach nicht für einen Willen zur Veränderung. Alles schien so geblieben, wie es vor Jahren verlassen worden war. Ein altes Poster vom FC Köln klebte an der Schranktür, auf dem Regal über dem Bett eine Comicsammlung, auf dem Schreibtisch ein Globus. Neben dem Globus zwei Stapel mit gebügelter Wäsche. Die Ungebügelte lag in einem Korb, das Bügelbrett lehnte an der Wand. Zusammen mit den beiden pflegeleichten Sukkulenten auf der Fensterbank nur eine Zweckentfremdung, die schnell wieder rückgängig zu machen wäre. Martha wollte nichts mehr rückgängig machen. Sie löschte das Licht, drehte sich auf die Seite und wachte erst wieder auf, als Irene an die Tür klopfte.

»Es tut mir leid, dass ich so lachen muss, aber in Brunos Schlafanzug …«, Irene wischte sich die Tränen aus dem Gesicht. Martha war auf dem Weg zum Badezimmer. Die zu langen Beine des braunen Frotteezweiteilers hatte sie hochgekrempelt.

Eine andere Frisur. Ich werde mir auch eine neue Frisur zulegen. Sie putzte sich die Zähne und nahm sich vor, die Zahnbürste in ihre Handtasche zu stecken. Sie war ja nun schon mal gebraucht, was wollte Irene noch damit. Eine zukunftsorientierte Handlung. Nach dem Duschen zog sie das graue Kostüm an. Salz und Pfeffer und dazu eine Polyesterbluse in Zartrosa. Karl mochte das. Sei zeitlos. Meine Frisur ist auch zeitlos. Martha ging mit Irenes Bürste durch ihre langen aschblonden Haare, die sie mit ein paar schnellen Handgriffen zu einer Banane steckte.

»Kaffee oder Tee?«, hörte sie Irene aus der Küche rufen.

Martha nahm Kaffee, und als sie nach dem zweiten Brötchen griff, konnte sich Irene eine Bemerkung zur Körperfülle offensichtlich nicht verkneifen.

»Du bist ganz schön …«

»… dick geworden, wolltest du sagen.« Nur weil sie bei Irene am Küchentisch saß und bei ihr eine Nacht verbracht hatte, dachte sie nicht daran, ihre Überlegenheit von früher aufzugeben.

»Es ist bekannt, dass es schlanke Menschen leichter haben im Leben, aber dürre?« Sie sägte das Brötchen in zwei Hälften. Irene blieb wortlos und Martha verteilte großzügig Butter. Dann klingelte das Telefon.

»Das dürfte Karl sein.« Mit einem mokanten Lächeln tupfte sich Irene mit der Serviette die Lippen ab und ging zum Telefon.

»Du hast Karl angerufen?!« Martha sprang auf und folgte ihr ins Wohnzimmer. »Obwohl ich dir gesagt habe, es nicht zu tun, hast du ihn angerufen?!« Martha tobte mit gepresster Stimme, obwohl Karl noch gar nichts mitbekommen konnte.

»Fackelmann …« Irene verschränkte zufrieden den freien Arm vor der Brust.

»Ja, sie ist da, steht neben mir … mach ich.« Triumphierend reichte sie das Telefon weiter, bevor Martha ihr das widerliche Lächeln zerkratzen konnte.

»Was soll das?«, waren Karls erste Worte, auf die sie nicht reagierte. Auf die Frage, wie es ihr gehe, darauf hätte sie möglicherweise geantwortet. Ob sie wirklich entführt worden sei und warum sie sich nicht gemeldet habe. Martha sagte immer noch nichts.

»Das Auto haben sie in Antwerpen gefunden. Da fahre ich morgen mit dem Zug hin und dann komme ich in Koblenz vorbei und hole dich ab. Mensch Martha … das wird alles wieder.« Martha schwieg weiterhin.

»Hörst du? Das wird wieder.«

Martha sagte »Ja«, obwohl sie nicht wollte, dass *es wieder wird* und legte auf.

Antwerpen. Da war ich noch nie. Sie ließ die beiden Brötchenhälften liegen und verlangte nach ihrem Mantel.

»Du kannst jetzt nicht gehen, Karl ...«

»Ich kann. Gib mir einfach meinen Mantel.«

Der war noch nicht ganz trocken, und während Martha Schwierigkeiten hatte, in die feuchten Schuhe zu kommen, spottete Irene, dass sie in ein paar Tagen wieder wie ein reuiger Hund in Günzburg vor der Haustür winseln würde.

»Die Mosel fließt in Koblenz in den Rhein.« Das musste Martha noch sagen, das hatte möglicherweise mit der durchgestreckten Haltung zu tun, mit der sie aus der Tür ging. Dass sie Irene von den Vögeln erzählt hatte, ärgerte sie. Karls Brieftasche warf sie in den Briefkasten.

Dreiundachtzigvierzig kostete die Fahrkarte nach Antwerpen.

EIN BAHNHOF WIE EINE KIRCHE

Martha hatte sich die Zugfahrt unkomplizierter vorgestellte. Sie musste in Köln umsteigen, dann in Brüssel und nochmal in Brüssel Nord, bevor sie sich zurücklehnen konnte, um eine knappe Stunde später in Antwerpen anzukommen. Der Zug fuhr auf Gleis dreizehn ein und sie versicherte sich sofort, nicht abergläubisch zu sein.

Sie folgte dem Menschenstrom, der sich vor einer Rolltreppe verdickte, um dann schlank und geordnet nach oben geschoben zu werden. Als sich die Ordnung wieder auflöste, hielt sie Schritt mit der Menge, die plötzlich an Tempo zugelegte. Ein zielstrebiges Entkommen, vielleicht, weil ein Zuhause am Ende des Tages wartete. Auf Martha wartete nichts, aber das war nicht der Grund, warum sie wie angewurzelt stehen blieb. »Mein Gott . . .« murmelte sie, – den Glauben an ihn hatte sie allerdings schon lange verloren – und wäre sie nicht gerade aus dem Zug gestiegen, sie hätte schwören können, in einer Kirche gelandet zu sein. Wie der Augsburger Dom! Den hatte sie besucht, als sie wegen einer Ausschabung ins Krankenhaus musste und aufgrund der ›blöden‹ Nachblutung noch drei Tage mit Freigang zur Beobachtung dableiben durfte. War wie Urlaub.

Sie legte den Kopf in den Nacken, schaute in die Höhe zur Kuppel und staunte, während Menschen an ihr vorbeizogen und sie wie einen dicken Stein in einem rauschenden Wildbach umspülten. Sie drehte sich langsam. Augen und Mund standen offen, so wie bei Kindern am Heiligabend vor dem Christbaum.

Le Royal Café. Der Mund klappte wieder zu. Martha verspürte Hunger.

Doch kaum hatte sie die gläserne Eingangstür aufgedrückt, wollte sie auch schon wieder umkehren. War der Bahnhof eine Kathedrale, so glich das Bahnhofsrestaurant einem Speisesaal für Könige. Gold, wohin ihr Auge blickte. Girlanden, Rosetten und goldgerahmte Spiegel an den hohen Wänden, die die ganze Pracht vervielfältigten. Von der opulenten Kassettendecke hingen Leuchten in Reih und Glied und eine riesige

Uhr, an der man mit dem Edelmetall nicht gespart hatte, dominierte das Ende des Raums. Die Zeiger standen auf Sechzehnuhrfünfunddreißig. Der Hunger hatte also seine Berechtigung. Aber konnte sie es sich leisten, hier etwas zu essen? Allerdings schien kein König anwesend zu sein. Mit der Handtasche vor der Brust ging sie zu einem kleinen runden Tisch mit zwei Stühlen. Sie brauchte Bescheidenheit zum gewaltigen Drumherum. Dass die Bedienung weiblich war und kein gestärktes Häubchen auf dem Kopf trug, sondern Jeans und eine weiße Bluse, nahm ihr ein wenig die Unsicherheit. Mit einem *Goede dag* hinterließ sie ein eingeschweißtes DinA4-Blatt. Die Speisekarte. Enttäuschend nüchtern in all dem Prunk. Das nahm ihr die Spannung aus dem Rücken und die aufrechte Haltung verlor an Bedeutung. *Drankkaart* und *Eetakaart*. Martha hatte mit Französisch gerechnet, aber dann erinnerte sie sich an das *Goede dag* der Bedienung. Also Niederländisch. Mit Spaghetti Bolognaise und einem Fläschchen Taunusquelle – sie wunderte sich über das deutsche Mineralwasser – wähnte sie sich auf der sicheren Seite. Mit *Varkenswangetjes* oder ähnlich klingenden *Hoofdgerechten* wollte sie kein Risiko eingehen. Die Bedienung tauchte erst nach zehn Minuten wieder auf, brachte das Wasser und ließ sich mit dem nicht mehr ganz warmen Nudelgericht weitere zehn Minuten Zeit. Da Martha keine dritte Ewigkeit warten wollte, verlangte sie gleich die Rechnung. Siebzehneurovierzig. Trinkgeld gab sie keins, und von all dem Gold war sie auch nicht mehr so beeindruckt. Schön fand sie es trotzdem, als sie beim Hinausgehen nochmal zurückblickte.

Sie schlenderte zum Ausgang, hatte aber nicht vor, den Bahnhof zu verlassen. Sich hier zu Hause zu fühlen, schien ihr übertrieben, aber irgendwie hatte sie das Gefühl, hier neu auf die Welt gekommen zu sein. Außerdem gab er ihr Sicherheit, denn durch das Kommen und Gehen all der Menschen fiel ihre Ziellosigkeit gar nicht auf, vor allem ihr selbst nicht.

Noch bevor sie den ersten Schritt auf den Bahnhofsvorplatz machte – sie wollte wirklich nur kurz schauen – musste sie mit Schrecken feststellen, dass es schon dunkel geworden war. Leuchtreklamen und das Licht der Scheinwerfer des Feierabendverkehrs spiegelten sich im nassen Asphalt.

Radisson blue. Riesige Buchstaben auf dem großen Gebäude in der Ferne gegenüber strahlten einladend von einer beeindruckenden Fassade. Ein Hotel. Dass der Tag irgendwann einmal enden würde, das hatte Martha verdrängt. Sie ging wieder in den Bahnhof zurück. Die Panik folgte auf den Fuß. Wo sollte sie die Nacht verbringen? Für gegenüber würde ihr Geld nicht reichen, zumindest wäre ihr neues Leben dort nach zwei Übernachtungen sicherlich zu Ende. Sie brauchte etwas Preiswertes. Verzweifelt rüttelte sie am Eingang der Touristen-Information, auch wenn sie die Aufschrift auf der Glastür schon gelesen hatte: *Openingsuren 09.00 – 17.00*

Seit zwanzig Minuten geschlossen. Wen konnte sie sonst fragen? Und wie denn? Sie sprach doch nur Deutsch. Karl hatte immer alles geregelt, wenn sie nicht weiterwusste. Karl hatte viel geregelt, und nicht selten, noch *bevor* sie nicht weiterwusste. Die Verzweiflung war gerade dabei, ihre Euphorie einzureißen, aber da tauchte Irene rechtzeitig auf. Mit beiden Händen auf den Hüften sah sie sie vor der doppelflügeligen Haustür stehen. Nein, sie wollte nicht wie ein reuiger Hund winseln und sie biss die Zähne zusammen, dass es im Kiefer schmerzte. Ein Smartphone wäre nicht schlecht. Karl hatte in seinem auch häufig Lösungen gefunden, wenn er mit dem Regeln beschäftigt war. Sie spürte eine Wut aufsteigen, die sie jedoch nicht blind werden ließ, sondern ihr die Augen öffnete. Die meisten Menschen, die an ihr vorbeizogen, hatten ein Smartphone in der Hand und den Blick drauf geheftet.

»Sprechen Sie Deutsch?« Martha hatte gar keine andere Wahl, und sie musste nicht lange warten, bis der Gammler – Karl hätte *Gammler* gesagt – stehen blieb und »een klein beetje« sagte.

»Können Sie mir ein Hotel in der Nähe suchen?« Martha tippte auf das Smartphone, das in seiner tätowierten Hand lag.

»Da.« Hand und Smartphone zeigten zum Ausgang.

»Zu teuer.«

Der *Gammler* grinste, rückte den Gurt vom Rucksack zurecht, der nur auf einer Schulter hing – er wollte sich offensichtlich Zeit nehmen – und tippte mit dem Schlangen-Tattoo-Finger der linken Hand auf das Display. Der Totenkopf auf dem Daumen der Rechten schien den eintrudelnden Informationen beim Scrollen hinterherzunicken.

»Ibis Budget. Aktundfunfzig.«

»Das ist gut. Und wo ist das?«

Pelikaanstraat und *Lange Kievitstraat*, zweimal links, konnte sie sich gut merken. Morgen würde sie sich Papier und Stift kaufen. Und einen Schirm. Es regnete.

Mit geschlossenen Augen lag Martha auf dem Bett. In dem kleinen Zimmer gab es nichts Überflüssiges und die Farbkombination von Grün und Weiß hatte etwas Beruhigendes. Das Salz-und-Pfeffer-Kostüm hob und senkte sich gleichmäßig. Wie in Augsburg, nur ohne Bettnachbarin und keine Visite. War der Ibis nicht auch ein Vogel? Einer mit langem Schnabel und im Wasser unterwegs? Sie erinnerte sich vage an eine Tiersendung im Fernsehen. Tiersendungen konnte sie immer schauen, wenn diese mit Gemeinderatssitzungen zusammenfielen. Dann war Karl nicht zu Hause. Martha schaute auf die Uhr. In Günzburg würde sie jetzt in der Küche stehen und sich ums Abendbrot kümmern. Dann Tagesschau und Montagskino. Ein zufriedenes Seufzen unterbrach das gleichmäßige Heben und Senken. Wie gut, dass ich kein Vogel bin! Für Karl gibt es heute auch kein Montagskino. Der dürfte mittlerweile bei Irene sein, wenn er sich überhaupt noch die Mühe macht, nach Koblenz zu fahren, wo ich nicht mehr da bin.

Weil es für Martha kein Abendbrot mehr gab, schaltete sie den Fernseher schon früher ein. Großstadtrevier. Eine Vorabendserie. Die konnte sich Martha nie leisten, wegen der pünktlichen Mahlzeiten. Womit sich die Hamburger Polizei gerade rumschlagen musste, interessierte sie nicht. Den Fernseher ließ sie nur laufen, weil sie es konnte.

Später erinnerte sie sich an den Getränkeautomaten in der Eingangshalle und bekam Lust auf eine Cola. Ihre Schritte zum Aufzug wurden von einem blau-grünen Teppichboden verschluckt. Sie hätte jetzt gerne ihre Absätze klappern hören. Im Aufzug verschränkte sie dennoch zufrieden die Arme und nickte sich im Spiegel triumphierend zu.

Zweieurofünfzig für ein Getränk. Nur Wasser war günstiger, aber das kam im Zimmer kostenlos aus dem Hahn. Stift und Papier bekam sie von der jungen Frau hinter dem Empfangstresen auch kostenlos. Haben und Ausgaben. Zwei Spalten, die sie mit den ersten Zahlen füllte, und mit den unruhigen Gedanken, dass das Geld nicht ewig reichen würde, schlief sie irgendwann dann doch noch ein.

```
Taxi          20,-
Zug           83,40      750,-
Le Royal Café 17,40      178,80
Hotel         58,-       ──────
              ──────     571,20
              178,80
```

DIENSTAG

Die Sorgen, mit denen Martha in den Schlaf gesunken war, frühstückte sie am Morgen weg. Zwei Eier, ein Brötchen mit Schinken, eins mit Käse, ein Erdbeerjoghurt, eine Banane und jede Menge Milchkaffee. Wäre ihre Handtasche ein bisschen größer gewesen ...Für den nächsten Tag wollte sie sich etwas einfallen lassen. Zumindest konnte sie heute das Mittagessen ausfallen lassen.

Zahnpasta schrieb sie auf den Einkaufszettel, nachdem sie sich die Zähne ganz ohne mit Irenes Zahnbürste geputzt hatte. Unterhosen, Schlafanzug, Gesichtscreme, Haarbürste, Regenschirm. Eine Aufgabe für den heutigen Tag. Dass sie das Bett nicht zu machen brauchte, daran würde sie sich erst gewöhnen müssen.

Nahezu geräuschlos schoben sich die gläsernen Flügel des Haupteingangs auseinander. Die Sonne schien zur guten Stimmung, und Martha überlegte, ob sie nach links oder rechts aufbrechen sollte. Ohne Zwang auswählen dürfen. Aber dann war es der LIDL-Schriftzug in zweihundert Meter Entfernung, der ein Abwägen überflüssig machte. Obwohl sich ihre Abwesenheit von zu Hause gerade recht gut anfühlte, freute sie sich über die vertrauten Buchstaben, bei denen das rote i aus der Reihe zu kippen drohte. Also links.

So muss es klingen, wenn Soldaten marschieren, und es hörte sich gut an. Die Einkäufe brachte sie ins Hotel zurück und freute sich besonders über das XXL-Herrenunterhemd. Es würde ihr als Nachthemd dienen, und dass auch die große Einkaufstasche mit dem Logo des Discounters nicht überflüssig sein würde, ahnte sie schon.

Den Weg zum Bahnhof kannte sie. Diesmal allerdings zweimal rechts und bei Tageslicht. Keine Wunschgegend auf den ersten Blick, und weil sie sich schon dachte, dass das nicht alles sein konnte, ging sie in ihr ›*Geburtshaus*‹ und dort direkt zur Touristen-Information. Nach einem mutigen »Goede dag« fragte sie auf Deutsch nach einer Karte für die Stadt. Die gab es gratis und Martha nahm sie wie einen Hauptgewinn entgegen. Sie setzte sich auf eine Bank, und während hinter ihrem Rücken Züge ein- und ausfuhren, verschaffte sie sich einen Überblick für diese Stadt. Die Sehenswürdigkeiten hatten Nummern und verteilten sich in einem Netz aus Straßen mit ungewohnt klingenden Namen, welche meist auf *Straat* endeten. So schwer scheint Holländisch doch nicht zu sein. Mit dem Finger fuhr sie die beigefarbenen Straßen ab – sie vermutete Fußgängerzonen –, die bis in die Altstadt führten. Den *Grote Markt* nahm sie sich zum Ziel, schaute aber vorher noch am Eingang des Zoos vorbei, auch weil sie sich darüber wunderte, dass der gleich neben dem Bahnhof lag. Auf der anderen Seite wertete dieses beliebte Ziel froh gestimmter Familienausflüge das üblicherweise verruchte Bahnhofsviertel durchaus auf. Das hatte etwas Beruhigendes. Einen Zoobesuch konnte sich Martha in den nächsten Tagen auch gut vorstellen. Wie lange ist das her, dass wir mit den Kindern in Augsburg im Zoo waren? Alexander saß noch im Buggy und erschrak fürchterlich, als dieses wahnsinnige Zebra herangerast kam und einen unglaublich schrillen Ton von sich gab.

Alle hatten wir uns erschrocken und der kleine Alex wollte gar nicht mehr aufhören zu weinen. Der süße, kleine Alex … Martha glaubte ihn riechen zu können. Eine Mischung aus Milch, Vanille und Puder. Dieser Duft verflog beim Blick auf die Eintrittspreise und die Erinnerung gleich mit. Achtundzwanzig Euro. Für *Volwassenen.* Über die Sprache regte sie sich erst in zweiter Linie auf.

Die wachgerufenen Geldsorgen nahm sie mit in die nicht enden wollende und belebte Einkaufsstraße. Fünf Tage war es her, dass sie mit Karl das letzte Mal abgerechnet hatte. Keine unnötigen Ausgaben! Als würde Karl neben ihr herlaufen. Martha drehte ungläubig den Kopf zur Seite. Kann ich mir auch gar nicht leisten! Der Gedanke wurde unbeabsichtigt laut und einige Passanten schauten sie verwundert an. Karl gegenüber hätte sie sich diesen Tonfall niemals erlaubt.

Esprit, H&M, Zara, Vero Moda, Peek&Cloppenburg, C&A, selbst Ulla Popken, der Laden für die Dicken – alle waren sie vertreten, da unterschied sich Antwerpen nicht von Augsburg. Nur der Drogeriemarkt hieß anders, war aber identisch gefüllt. Die günstigste Haarbürste und ein Reisewaschmittel in der Tube legte sie aufs Band. »Vijef Euro zestig«, das hatte sie nicht wirklich verstanden, die Fünfeurosechzig aber schon im Kopf ausgerechnet. Sie nahm sich eine der kleinen roten Einkaufstüten, die es gratis an der Kasse gab. Da passten später auch die Baumwoll-Unterhosen im Dreierpack von C&A rein.

Mit dem ersten Kopfsteinpflaster in den engen Gassen der historischen Altstadt ließ der Trubel nach und löste sich stellenweise sogar nahezu auf. Dem Konsum galt offensichtlich mehr Aufmerksamkeit als der Kultur. Das lag vielleicht am Schlussverkauf oder an der Jahreszeit oder an beidem.

Martha war nicht mehr Teil einer treibenden Masse, es gab auch keine Aufgabe mehr, die es zu erledigen galt und so blieb sie einfach stehen. Die Neugier, mit der sie heute Morgen aufgebrochen war, spürte sie nicht mehr. Sie schaute auf die Karte des Touristenbüros und dachte, dass sie eigentlich gar kein Tourist wäre. Sie war einfach nur weg und jetzt wusste sie nicht mehr, wohin. *Irgendwo. Scheißegal. Weg* … das hatte Rasvan gesagt. Was der jetzt wohl macht? Ob er sich Karls Mantel genommen hat? Marthas Mantel war immer noch feucht vom gestrigen Regen, und sie fing an zu frieren. Sie faltete die Karte zusammen, steckte sie in ihre Handtasche und folgte der Beschilderung zum *Grote Markt*. Das hatte sie sich vorgenommen, das wollte sie erledigen. Das Klacken ihrer Absätze nahm sie gar nicht wahr.

Wenn ich ein Smartphone hätte, hätte ich auch Fotos machen können. Dann könnte ich mir heute Abend im Hotel in Ruhe all das anschauen, was ich schon wieder vergessen habe. Wie ein Trauerkloß hatte sie den *Grote Markt* umrundet. Ganz leer hatte sie sich gefühlt, nicht ein Zipfel der Euphorie von heute Morgen war in ihr drin.

Trotz ihres schnellen Schrittes wurde Martha auf dem Rückweg nicht wieder warm. In der Einkaufsstraße ging es noch lebhafter zu, als vor einer guten Stunde, und sie betrachtete es als ein Wink des Schicksals, im *Café Impérial* gelandet zu sein. Der Aufsteller mit Pfeil Richtung Hof blitzte nur kurz auf im Gedränge.

Die Wärme schlug Martha mit solch einer Wucht entgegen, dass sie erst einmal stehen bleiben musste. Dann atmete sie tief ein und wieder aus und ging zu dem freien Tisch links vom Eingang, von wo aus sie den gesamten Raum überblicken konnte.

Wie das *Royal* im Bahnhof. Etwas für Könige. Mit stoffbespannten Wänden in einem rostigen Rot, schweren, bodenlangen Vorhängen, die sich nur um Nuancen vom Ton der Wände abhoben und einem glitzernden Lüster mittig von der Decke. Ein opulentes Blumenbouquet auf dem Kaminsims mit der Möglichkeit, sich im Spiegel auf die doppelte Größe aufzublasen, gaben Martha eine Ahnung von den Preisen. Diesbezügliche Sorgen legte sie allerdings ebenso ab wie ihren Mantel und die Hemmungen wegen eventueller Monarchen. Sie bestellte eine Tasse Kakao mit Sahne. »Chokolademelk« sagte sie und als der Ober nach *Slagroom* fragte, sagte sie »ja«. Sie legte ihre Hände um die dickwandige Tasse, sie würde sich Zeit lassen, und vielleicht würde der Mantel zwischenzeitlich trocken werden, den sie auf dem Stuhl neben sich ausgebreitet hatte.

Filigrane Kuchengabeln versanken in den mächtigen Tortenstücken, die vor ihren Augen vorbeigetragen wurden und sie verträumt in ihrer heißen Schokolade rühren ließen. Backen. Das waren die Momente, in denen sie sich nicht nach einem Vogelleben sehnte. Momente, in denen sie aufging wie ihre Kuchen und Torten, mit denen sie ihre Mitmenschen ausnahmslos beglückte und selbst ganzkörperlich – anders konnte sie das gar nicht beschreiben und das war bei ihren Maßen auch nicht wenig – eigenes Glück verspürte. Backbücher las sie wie andere Romane oder Krimis. Das dominante Rostrot im Raum erinnerte sie an die Kiste, in der ihre gesammelten Rezepte lagen. Fundstücke aus Zeitschriften und Verpackungen, Handschriftliches, wenn sie es lohnend fand, Notizen zu machen. Sie wusste um die unaufhaltsame Flut im Internet, hatte aber weder Zugang noch Ahnung, und Karl wollte es dabei belassen. Sie nahm einen kräftigen Schluck vom mittlerweile trinkwarmen Kakao und stellte fest, dass sie Karl gar nicht vermisste, wohl aber eine Beschäftigung. Sie stellte die Tasse lautlos zurück, ließ den Kopf hängen und schaute auf ihr Schuhe, die von der Feuchtigkeit weiße Ränder bekommen hatten. Es waren nicht die richtigen Schuhe, um sich im neuen Leben zurechtzufinden. Sie würde sich etwas

Bequemes zulegen müssen für die Strecke, die vor ihr lag. Und das Kostüm, das könnte sie auch nicht ewig tragen.

Sie leerte die Tasse, kratzte mit dem Löffel nach dem Schokoladensatz und den Sahneresten und dachte über *ewig* nach. Auf keinen Fall wollte sie winseln. Sie winkte dem Ober. Der Mantel war so gut wie trocken und die schweren Vorhänge rahmten die Dunkelheit, die sich von draußen gegen die Scheiben drückte. Sie ließ ein Trinkgeld liegen und freute sich auf ihr Hotelzimmer, als die feuchte Kälte im Freien ihren angelegten Wärmevorrat im Handumdrehen aufzehrte.

Am Bahnhof wieder zweimal links. Gestern war sie, abgesehen vom Autoverkehr, bei Regen alleine unterwegs gewesen. Heute machten ihr dunkle Gestalten Angst. Sie wechselte die Straßenseite, ging im Licht der Schaufenster weiter, die lückenlos den Bürgersteig säumten. Hinter den Scheiben sah alles gleich aus. Diamantenbesetzter Schmuck wie Massenware. Konkurrenz soll das Geschäft beleben, hatte Karl ihr mal erklärt. Wegen der Dynamik und der Weiterentwicklung. Es funkelte aus jedem Laden, und es waren nicht wenige. Martha nahm sich vor, sie bei Gelegenheit zu zählen. Ab und zu blieb sie stehen und schaute hinein. Das sah nicht aus wie beim Juwelier in Günzburg, wo sie ihre Trauringe gekauft hatten und die Perlenkette zur Silberhochzeit. Hier sah es so aus, als habe man den gesamten Ladeninhalt in die Auslage gekippt. Möglicherweise hatte das mit der Dynamik zu tun, dachte Martha. Beim Juwelier in Günzburg blieb ihr Blick schon mal an einem Stück hängen und sie verspürte so etwas wie einen Wunsch. Hier wurde ihr nur schwindelig und sie fragte sich, wer all die Diamanten kaufen sollte und vor allem, in welchem der Läden, wo sich der Inhalt doch kaum unterschied.

Martha hätte ihn sehen müssen, auch wenn der Mann ganz in Schwarz gekleidet war. Alleine das Licht der Schaufenster wäre ausreichend gewesen. In die aber schaute Martha, während sie lief und dann eben direkt in den Mann hinein, der ihr entgegenkam.

Die Entschuldigung musste sie ihm hinterherrufen, er schien sich durch nichts aufhalten lassen zu wollen, und unterm Hut flatterten seitlich zwei zu Schillerlocken gedrehte Haarsträhnen. Er blieb nicht der einzige. Mit leicht geneigten

Köpfen eilten sie in beide Richtungen. Männer mit großen Hüten und langen Bärten. Mantel, Hose, Schuhe, alles schwarz wie die Nacht, nur das weiße Hemd, das aus dem Mantel lugte, bot Kontrast. Ultraorthodoxe Juden. Die hatte Martha schon im Fernsehen gesehen. Vor der Klagemauer in Jerusalem. War nie ein Wunschreiseziel. An die Nordsee wäre sie gerne mal gefahren. Was sollen wir an der Nordsee, wenn wir den Schwarzwald vor der Tür haben! Irgendwann hatte sie es aufgegeben zu betteln.

Die johlende Gruppe konnte Martha schon aus der Ferne hören. Je näher sie kam, umso mehr wuchs ihre Angst. Sie beschleunigte ihre Schritte, wollte die *Lange Kievitstraat* erreichen. Wollte links abbiegen können, bevor man auf einer Höhe zusammentraf. Von den Religiösen erhoffte sie sich im Notfall Beistand. Aber es gab keinen Notfall. Es gab nur eine Menge gutgelaunter Afrikaner, die in bunten Stoffen steckten und sie befand sich auf einmal mittendrin. Bevor ihr Herzschlag bis zum Hals vordringen konnte, war sie allerdings auch schon wieder draußen und das Gejohle entfernte sich.

Als sich ein paar Minuten später beim Ibis die automatische Glastür hinter ihr schloss, nahm sie sich vor herauszufinden, wie man *Guten Abend* auf Niederländisch sagt.

Obwohl sie keinen Appetit hatte, aß sie ein paar Kekse aus der LIDL-Tasche und eine Banane.

Bequeme Schuhe wird es nicht umsonst geben. Aber es gab für morgen eine Aufgabe, welche zu finden.

```
Lidl          15,33
Zwirke         3,99        571,20
Waschpaste     1,65         95,87
Unterhosen     9,90        475,33
Café           7,—
Hotel         58,—
              _____
              95,87
```

MITTWOCH

Martha wurde selten krank. Dass sie achtundfünfzig Euro bezahlen musste, für eine Nacht, in der sie kein Auge zudrücken konnte, ärgerte sie noch mehr als der Husten, der der Grund für die Schlaflosigkeit gewesen war. Zum Frühstück trank sie drei Becher heißen Tee und nach den gut belegten Brötchen aß sie zwei Kiwis mit der Schale, weil darunter das meiste Vitamin C stecken sollte. Darüber hatte es eine Sendung im Fernsehen gegeben. Krank zu werden, konnte sie sich nicht leisten. Wofür aber sollte ich gesund bleiben, fragte sie sich, als sie später aus ihrem Zimmerfenster schaute. Gegenüber war ein Kindergarten und ziemlich viel Trubel vor dem Eingang. Da waren nicht nur Mütter, die ihre Kinder brachten. Da waren auch Väter. Hatte Karl mal eins der Kinder in den Kindergarten gebracht? Martha hätte jetzt gerne Vögel gesehen, es waren aber keine da.

Bevor sie ging, strich sie das Bett nur soweit glatt, dass es nicht den Anschein machen konnte, den Zimmermädchen ins Handwerk pfuschen zu wollen. Diesmal brach sie nach rechts auf, querte die *Pelikanstraat* und folgte weiter der *Lange Kievitstraat*. Martha wollte *ihr* Viertel etwas besser kennenlernen. Schön fand sie es nicht. Bröckelnde Fassaden, abblätternde Farbe, dunkle Hauseingänge. Und dunkle Männer mit den Schläfenlocken, wie geringelte Holzspäne unter den großen Hüten. *Kosher King.* Ein Imbiss. Kosher. Darüber hatte sie auch etwas im Fernsehen gesehen. Fand sie ziemlich kompliziert, auch weil vieles aus ihrer Küche gar nicht mehr hätte auf den Teller kommen dürfen. Vor einer Bäckerei blieb sie stehen. Wegen der Leidenschaft aber auch aus Neugierde. *Kosher Bakery*. Sah eigentlich alles ganz normal aus. Sie half der Frau, die den Buggy mit dem Kleinkind aus dem Laden manövrierte. Die senkte den Kopf und sah in den dunklen, formlosen Kleidern aus wie eine Büßerin. Dem Kleinkind hatte man eine Schneise in die Haare rasiert und ein Käppi aufgesetzt. Martha kam das Leben mit Karl auf einmal gar nicht mehr so schlimm vor. Erst als sie wieder draußen war aus dem jüdischen Viertel und die vielen Geschäfte mit den bunten afrikanischen Stoffen für eine andere Stimmung sorgten, dachte sie anders über ihr Leben mit Karl.

Nur weil sie zur Toilette musste, ging sie zurück zum Hotel. Ihr Bett war gemacht, die Handtücher gefaltet, das Waschbecken geputzt. Martha zog die Schuhe aus, legte sich auf die glattgezogene Tagesdecke und schaltete den Fernseher ein. Ein holländisches Programm, es ging um Tulpenzwiebeln. Tränen kullerten über ihre Schläfen und versickerten in der Frisur, die sie zu ändern sich vorgenommen hatte. Dann schlief sie ein. Als sie aufwachte, lief eine Kochsendung. Es wurden Pfannkuchen gefüllt. Auch wenn sie nichts verstand, war sie überzeugt, dass sie einiges hätte zum Thema beitragen können. Der Husten setzte wieder ein. Fast hatte sie ihn vergessen. Dass sie noch nach bequemen Schuhen suchen musste, hatte sie nicht vergessen.

Zur Einkaufsmeile fand sie, ohne auf die Karte zu schauen. Sie probierte an und verglich die Preise in verschiedenen Läden, dabei dachte sie an den Anfang ihrer Ehe, als sie mit dem Kinderwagen dem preiswertesten Blumenkohl hinterherlief. Karl lobte sie dafür. Sparen sei eine gute Einnahme. Weil es anfing zu tröpfeln, kaufte sie im Drogeriemarkt, wo sie gestern auch die Bürste und die Waschpaste besorgt hatte, einen Schirm. Drei Farben standen zur Auswahl. Sie ließ sich Zeit mit der Entscheidung und stellte sich dann mit einem in Grün an die längste Schlange vor den Kassen an. Fünfzehnuhrachtundzwanzig. Wenn sie jetzt wegen der Sneaker für Neunzehneuroneunzig zu C&A zurücklaufen würde, hätte sie den Nachmittag fast geschafft. Zum Schirm legte sie eine Schachtel Hustenbonbons aufs Band.

Die Schuhe waren altrosa. Aber sie hatten am besten gepasst, und Martha behielt sie auch gleich an. Harmonierten mit der Bluse. Die musste dringend durchgewaschen werden, das wollte sie sofort in Angriff nehmen, wenn sie im Hotel war. Auf dem Weg zur Kasse griff sie noch ein Dreierpack Socken und war dankbar, dass sie als Kunde über dieses Sonderangebot stolpern durfte.

Die geplante Handwäsche wurde nebensächlich, als Martha das riesige bunte Tor entdeckte.

Das doppelstöckige, geschwungene Dach wurde von zwei gewaltigen roten Säulen getragen und reichte über das dreistöckige Nachbarhaus hinaus. Die goldenen Schriftzeichen, die Drachen, die farbenprächtigen Ornamente versprachen einen Blick nach China und den wollte sie sich nicht entgehen lassen. Weder die wachhabenden steinernen Löwen noch die Tropfen, die jetzt dichter aus der grauen Wolkendecke fielen, konnten sie zurückhalten. Martha spannte ihren grünen Schirm auf und ging auf der linken Straßenseite bis zum schnell erreichten torlosen Ende, an dem ebenfalls ein Löwenpärchen aus Stein lungerte. Martha war enttäuscht. Sie hatte sich tatsächlich ein anderes China erhofft nach dem vielversprechenden Eingang. Restaurants, Imbisse, Suppenküchen und Lebensmittelläden reihten sich aneinander. Die wenigsten sahen einladend aus, und das verhielt sich auf der gegenüberliegenden Straßenseite nicht anders, die sie für den Rückweg wählte. Müsste sie jetzt etwas über die Chinesen sagen, nachdem sie eine Straßenlänge vom Riesenreich kennengelernt hatte, würde sie behaupten, dass sie nur essen.

Sie selbst verspürte allerdings auch Hunger und wagte sich in einen Imbiss. Sie zeigte auf das Foto mit der Nudelsuppe, die sie dann genauso aus dem Porzellanlöffel schlürfte wie die anwesenden Chinesen. Für die Nudeln holte sie sich eine Gabel vom Tresen, obwohl sie das mit den Stäbchen gerne ausprobiert hätte.

Die verkochen Meerschweinchen, hatte Karl immer behauptet. Martha hatte keine Ahnung, wie Meerschweinchen schmecken. Die Suppe schmeckte ihr ausgesprochen gut.

Die Bluse hängte sie zum Trocknen über den Duschkopf. Die neuen Schuhe stellte sie unter den Schreibtisch. Den Karton hatte sie sich mitgeben lassen. Könnte ja mal gebraucht werden.

Schirm 5,99
Chstenbonbons 1,99   475,33
Schuhe 19,90   97,87
Socken 4,99   377,96
Suppe 6,50
Hotel 58,—
97,37

Martha lutschte Hustenbonbons zum Film-Mittwoch im Ersten. Es ging um eine psychisch kranke Frau, die den Alltag nicht mehr hinbekam. Martha sehnte sich nach einem Alltag. Die Zähne putzte sie nicht mehr. Sie löschte das Licht und bemühte sich einzuschlafen, bevor der Husten sie davon abhalten konnte.

DONNERSTAG

Die Bluse war noch nicht ganz trocken. Mit hochgeschlossener Kostümjacke ging sie zum Frühstück und dachte, dass es an der Zeit für einen Kleiderwechsel wäre. Für sich und für das Personal am Empfang. Um die Meinung der Gäste musste sie sich keine Sorgen machen, das waren jeden Morgen neue Gesichter. Einen Teelöffel ließ sie in ihrer Handtasche verschwinden. Für den Joghurt, den sie sich bei LIDL besorgen wollte.

Mit dem Fön blies sie die letzte Feuchtigkeit aus der Bluse, dachte dabei an die Bügelwäsche in Günzburg, und dass sie gar nicht so ungern bügelte. Karls Hemdenvorrat dürfte noch reichen. Karls Hemdenvorrat? Heute wollte sie an ihrer Stimmung arbeiten, ein Winseln vor der Haustür schloss sie energisch aus.

Diesmal nahm sie nicht den direkten Weg zur Einkaufsstraße, wagte sich auf Umwege, weil sie ein gezieltes Verlaufen günstig erachtete, um

Zeit loszuwerden. Nicht gerade günstig war der Jogginganzug in Dunkelblau, aber praktisch. Der würde warmhalten und zum grauen Mantel passen. Für die gute Stimmung ging sie wieder ins *Café Impérial*. Sie hoffte auf die Wirkung vom letzten Mal und das wollte sie sich bei aller Sparsamkeit etwas kosten lassen. Eine heiße Schokolade, aber ohne *Slagroom*. Es lag nicht am fehlenden Sahnehäubchen, warum sich die gute Laune nicht wirklich einstellen mochte. Es waren die Menschen an den Tischen, die sich unterhielten. In dicken Winterpullovern und mit glühenden Gesichtern saßen sie da und füllten den Raum mit Worten. Wann hatte Martha sich das letzte Mal mit jemandem unterhalten? Mit Irene in Koblenz. Das war vor drei Tagen. Es kam ihr viel länger vor. Beinahe trotzig stand sie auf, ging zur Kuchentheke und zeigte auf die Schokoladencremetorte mit Birnen. Besser fühlte sie sich danach nicht und draußen vergaß sie, den Schirm aufzuspannen. Es regnete. Ins Hotel wollte sie noch nicht, sie hatte das Bedürfnis nach Leben um sich herum, auch wenn sich das nur anonym abspielte. Erst als sie im Bahnhof stand, bemerkte sie ihre nassen Haare und den nassen Mantel.

Die Sneakers in Altrosa schienen auch nicht wasserdicht zu sein, ihre Füße waren eiskalt. Im Kirchen-Bahnhof zog es, und die Kälte kroch von den Füßen bis in die Haarspitzen, so wie bei den Gottesdiensten im Winter, die sie vor der Konfirmation besuchen musste. *In eurem Glauben werdet ihr immer Trost finden.* Danach suchte Martha schon lange nicht mehr, vermisste aber die Euphorie, die sie bei ihrem Ankommen verspürt hatte. Doch zum Hotel wegen der Wärme? Schließlich ging sie zum Pavillon vor dem Zoo, in dem man Geld ausgeben konnte, wenn nach den verrückten Eintrittspreisen noch etwas davon übriggeblieben war. »Goede dag«, sagte Martha, war dankbar für die Wärme und für die Nichtbeachtung, die es ihr erlaubte, das Angebot von Tassen, Kühlschrankmagneten, Schlüsselanhängern, Brotdosen und Spielen in aller Ruhe durchzugehen. Ausnahmslos mit Tiermotiven versehen, und Martha schmunzelte, als sie ein Puzzle zurückstellte und alles *tierisch* teuer fand. Bei den Büchern und Plüschtieren gab es eine Sitzecke. Dort ließ sie sich nieder, wurde von Schimpansen, Bären, Giraffen, Nashörnern, Papageien und einem Faultier vom gegenüberliegenden Regal angeglotzt und von einem kleinen Mädchen mit aufgeschlagenem Buch angestupst.

»Lees mij voor.«

Martha lachte. »Ich kann kein Niederländisch.«

Das Mädchen setzte sich unbeeindruckt neben sie, schob ihr das Buch auf den Schoß und wippte ungeduldig mit den Füßen, die in roten fellbesetzten Stiefelchen steckten.

»Voorlezen.« Es zeigte auf das Krokodil.

Wie unschuldig doch kleine Kinderhändchen ausschauen! Die Zeigehand des Mädchens haute jetzt fordernd auf die Seite mit dem grünen Reptil, und Martha setzte sich räuspernd aufrecht.

Ik heb kiespijen, schreeuwde de krokodil. Wie sollte sie das vorlesen? *Kiespijen* ... das war doch unaussprechbar! Aber weil das Mädchen sie so erwartungsvoll anlächelte, nahm sie deutsche Worte zu den Bildern.

»Das Krokodil weint. Es hat eine dicke Backe und ein Tuch ...« Die kleine Hand kam und blätterte weiter.

»Der Doktor Bär schaut in das große Maul vom Krokodil und ...« Jetzt griff die kleine Hand gleich mehrere Seiten und schlug sie um.

»Das Krokodil lacht mit dem Maul mit den vielen Zähnen, aber einer fehlt. Das kann …«

»Edda!«

Das Mädchen sprang auf und lief zu seiner Mutter. Martha blieb mit dem Buch zurück. Sie hätte gerne weiter vorgelesen. *Voorlezen,* das hatte sie verstanden. Und sie hätte auch gerne ein kleines Mädchen gehabt, nicht nur wegen der erhofften Solidarität.

Auf dem Weg zum Hotel setzte der Husten wieder ein. Bevor sie ein *Goedenavond* in der Eingangshalle hinterließ, ging sie noch zu LIDL wegen Joghurt und Bananen.

```
Jogginganzug   35,80      377,96
Imperial        9,40      107,28
Lidl            4,08      ──────
Hotel          58,—       270,78
              ──────
              107,28
```

In ihrem dunkelblauen Jogginganzug saß sie im Bett und löffelte den ungezuckerten Naturjoghurt aus dem Plastikeimerchen. Wenn der leer war, wollte sie ihn auswaschen. Könnte ja mal gebraucht werden. Zum Husten kamen Kopfschmerzen. Das Zähneputzen wollte sie nicht wieder schleifen lassen, kroch allerdings angezogen, wie sie war, unter die Decke. Der letzte Blick fiel auf Kostüm und Bluse, die an der Garderobe hingen. Dann löschte sie das Licht.

FREITAG

Martha fühlte sich krank. Sie hatte schlecht geschlafen, und da die Geräusche von draußen an diesem Morgen wie in Watte gepackt klangen, döste sie immer wieder ein. Gegen halb zehn quälte sie sich aus dem Bett wegen des Frühstücks, das es nur bis zehn gab. Appetit hatte sie nicht, aber Frühstück war inklusive, das zu übergehen, konnte sie sich nicht leisten. Sie zog die Vorhänge beiseite, wollte einen Blick auf den Tag werfen, der ihr bevorstand, und nickte bestätigend. Es hatte geschneit. Der Gehweg gegenüber lag noch unter einer weißen Decke, die gerade von einer aufgeregten Horde aus dem Kindergarten – wahrscheinlich auf dem Weg zum nahegelegenen Stadtpark – niedergetrampelt wurde. Sie schlüpfte in die noch feuchten Sneakers und beschloss, heute zu Hause zu bleiben, schon wegen des fehlenden Schuhwerks für dieses Wetter.

Sie zwang sich zu zwei Kiwis mit Schale und ließ vier Portionspäckchen Zwieback in der Handtasche verschwinden. Das schlechte Gewissen hatte sie bisweilen vom heimlichen Hamstern abgehalten. Heute hatte sie kein schlechtes Gewissen, und sie fragte an der Rezeption, ob sie den Becher mit dem heißen Tee mit auf ihr Zimmer nehmen dürfe. Der junge Mann winkte die Bitte lächelnd durch, fragte aber noch nach der Zimmernummer und erinnerte an die Checkout-Zeit morgen früh.

Ungekämmt war sie zum Frühstück gegangen. Das stellte sie beim Zähneputzen fest. Hat man mich deswegen an meine Abreise erinnert? Fürchten die schon, mich mit Gewalt raustragen zu müssen? Martha legte die Haarklammern am Beckenrand ab und wollte gerade mit beiden Händen eine Frisur formen, da klopfte es an der Tür. Die Putzkolonne. Drei Frauen, die fragend vor dem Wagen mit der Dreckwäsche standen und so aussahen, als könnten sie auch kein Niederländisch. Martha schüttelte den Kopf mit den wirr herunterhängenden Haaren. Ohne den geringsten Widerstand zogen sie weiter und Martha schloss die Tür.

Zweihundertfünfundsiebzigsiebenundsechzig. Ich werde heute zum Frisör gehen und mein Zimmer um zwei Tage verlängern. Mehr Gedanken wollte sie nicht zulassen. Sie freute sich über das ungemachte Bett und die Wäsche, die es zu waschen gab.

Vom Schnee gab es nur noch schmutzige Reste, als sie am Nachmittag aufbrach. In der nächsten Apotheke ließ sie sich ein Glas Wasser zur Packung Ibuprofen geben. Als ihr beim Frisör gefühlvolle Hände ausgiebig die langen Haare schamponierten, hatte sie schon keine Kopfschmerzen mehr. Das hätte stundenlang so weitergehen können, aber der übliche Ablauf verlangte, dass sie mit Frotteeturban vor einem Spiegel saß und im Frisurenkatalog blätterte. Seitenscheitel und auf Schulterlänge schien ihr risikolos, wobei sich zur Spannung auch etwas Trennungsschmerz gesellte, als sie die Haarmengen zu Boden fallen sah. Von ihren Kindern hatte sie jeweils eine Locke und den ersten ausgefallenen Milchzahn in Kästchen gelegt. Der Schuhkarton wäre für diese Fülle geeignet und wenn es mal soweit wäre, könnte sie ihre Dritten dazulegen. Martha lachte laut auf bei diesem Bild und die Friseurin hielt erschrocken Schere und Kamm in die Höhe.

»Nein, alles gut!« Sie winkte kurz mit der Hand unter dem Umhang hervor.

Die heiße Luft vom Fön wirbelte durcheinander, was noch am Kopf geblieben war. Martha schloss die Augen und machte sie erst wieder auf, als das Ziehen über die dicke Rundbürste aufgehört hatte und sie mit einem Schwung vom Umhang befreit wurde. Wie bei den Zauberern im Fernsehen, wobei dort in der Regel zu aller Überraschung ein weißes Kaninchen zum Vorschein kommt. Aber hier saß kein weißes Kaninchen, hier saß Martha und die fühlte sich verzaubert. Sie schlug die Hände vor den Mund und nickte, als sie das Werk von hinten betrachten sollte. Dann schüttelte sie den Kopf zwei, dreimal hin und her, die Haare folgten etwas zeitverzögert. Sicherlich würde der zusammengekehrte Haufen Haare nicht zu einem nennenswerten Gewichtsverlust beitragen, aber trotzdem fühlte sich Martha unendlich leicht.

Mit dieser Leichtigkeit verließ sie den Salon. Kein Schaufenster, in dem sie sich nicht betrachtete und im Hotel zog sie den Jogginganzug aus und das Salz und Pfeffer Kostüm an. Trotz des verhassten alten Zweiteilers fühlte sie sich unverändert neu an. Eine zweite Ibuprofen sollte verhindern, dass sich das ändern könnte.

Martha wollte gesehen werden. Als sie das erste Mal schwanger war, wollte sie auch, dass sie von allen gesehen wurde. Sie machte einen langen Spaziergang über den *Grote Markt* hinaus bis an die Schelde. Sie lächelte mit jedem Schritt, fuhr wie zur Kontrolle immer wieder mit einer Hand durch die Haare und genoss das Gefühl, Aufmerksamkeit auf sich zu ziehen. Zumindest glaubte sie, dass dem so wäre. Umso größer war die Enttäuschung, als sie nach diesem langen Ausflug ins Hotel zurückkehrte und erwartungsvoll und vor allem viel zu laut *goedenavond* in Richtung Rezeption rief.

Die junge Frau hinter dem Tresen hob nur kurz den Kopf und erwiderte den Gruß in einem Ton geschäftlicher Freundlichkeit, der persönliche Nähe ausschloss.

Martha hauchte im Aufzug ein Stück vom Spiegel blind und malte mit dem Finger ein Herz auf die beschlagene Stelle. Der Simson aus der Bibel hatte seine Kraft verloren, weil man ihm die Haare abgeschnitten hatte. Manchmal läuft es eben umgekehrt.

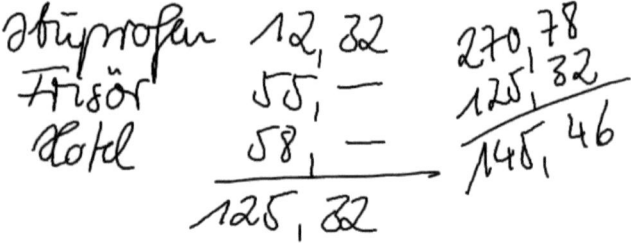

Zwiebackkrümel rieselten auf die Bettdecke. Noch bevor sie die Zahlen der zu verbleibenden Tage zu Papier bringen würde, wusste sie schon um die restlichen dreißig Euro und die dazugehörige Ausweglosigkeit. Sie weinte um diesen schönen Tag und weil die Traurigkeit nach so viel Glück kaum auszuhalten war.

SAMSTAG

Unruhig hatte sie sich durch die Nacht gewälzt. Zum Husten waren Halsschmerzen gekommen. Das Bürsten der ungewohnten Haare löste nur ein kraftloses Lächeln aus. Auf dem Weg zum Frühstück hinterließ sie den *Do not disturb*-Hänger an der Klinke. Keiner sollte sich um sie kümmern, sie wollte alleine sein mit ihrem körperlichen und seelischen Elend und den Wäschestücken, die im Zimmer verteilt zum Trocknen herumlagen.

Wenn sie nicht an die Decke starrte, schaute sie aus dem Fenster. Sie vermisste den Trubel vor dem Kindergarten. Es war Wochenende, das sich für Martha leer anfühlte und nur durch den Kauf einer Flasche Wasser beim LIDL etwas Inhalt bekam. Eine Plastikflasche zum späteren Wiederauffüllen. Wo und wann … daran wollte sie gar nicht denken.

An Irene allerdings musste sie ständig denken. Wegen der Winselei in Günzburg. Was war schlimmer? Irenes Triumph, der sich von ihrem bisherigen Durchhaltevermögen nicht beeindrucken lassen würde, oder die Rückkehr in ihr altes Leben? Das kroch mit Macht in Marthas Körper hinein, der im dunkelblauen Igloggilganzug steckte. Sie meinte dieses alte Leben zu schmecken und zu riechen. Und dann war da auch noch Karls Stimme.

Sie schluchzte laut auf, der Anfang eines nicht enden wollenden Weinkrampfes. Nach zwei Ibuprofen schlief sie ein und wachte auf, als es anfing dunkel zu werden. Etwas anderes hatte der Tag nicht zugelassen.

```
Lidl   0,37        145,46
dokl  58,—         58, 37
      ─────        ─────
      58,37        87,09
```

SONNTAG

Der Sonntag begann mit dem Ausbleiben der Verkehrsgeräusche von der Straße. Die Ruhe setzte der Einsamkeit noch eins obendrauf, und weil sie nicht noch einen weiteren Tag in Melancholie auf dem Bett verbringen wollte, nahm sie den Mantel gleich mit zum Frühstück. Beim Verlassen des Zimmers zog sie den *Do not disturb*-Hänger von der Klinke. Ihr Hausarzt in Günzburg hätte ihr strikte Bettruhe verordnet. Wenn sie ein Fieberthermometer zur Hand gehabt hätte, würde die Quecksilbersäule dem Hausarzt recht geben. Sie ging trotzdem zum Stadtpark. Ein grünes Dreieck auf der Karte und nicht weit entfernt vom Hotel. Ein eisiger Wind rüttelte am Stadtplan, den sie eigentlich gar nicht zur Hilfe nehmen musste, denn die *Lange Kievitstraat* führte durch das Judenviertel direkt zur eingezäunten Grünanlage. Ein Spielplatz ohne Kinder, dafür jede Menge Tauben und Krähen, die auf den nassen Wegen rumpickten. Der einzige Mensch, auf den sie traf, war ein Mann mit einem großen Hund. Der Hund zog an der Leine wegen der Tauben und Krähen. Der Mann schimpfte, dass die Ohrenklappen seiner Fellmütze flatterten. Die langen Ohren des Hundes flatterten auch, während er unbeeindruckt weiter zerrte und zog. Martha hustete bellend und lachte gleichzeitig, weil sich die beiden so ähnlich sahen. Gegen eine Fellmütze allerdings hätte sie nichts gehabt, und sie dachte an all die Mützen, die sich über Jahre in Günzburg angesammelt hatten. Zwei davon waren selbstgestrickt. Keine Meisterwerke, aber sie hatte sich nicht von ihnen trennen können. Auf der Hauswirtschaftsschule durfte sie gegen die schlechten Handarbeitsnoten anbacken. Martha war unschlagbar in diesem Fach, da zog selbst die strenge Frau Wegener, die nicht ohne Stolz immer wieder von ihrem drei Jahre alten Sauerteig erzählte, den sie regelmäßig *fütterte*, den Hut. Martha seufzte. Das war eine schöne Zeit! Da spielte vieles keine große Rolle, auch ihr Übergewicht nicht. Die Mädchen waren unter sich und nicht alle waren schlank.

Sie setzte sich auf eine Bank im Windschatten einer Kirschlorbeerhecke. Sofort kamen die Tauben, trippelten vor ihren Füßen auf und ab und nickten bei jedem Schritt mit den Köpfen. Das fand Martha anstrengend. Sie selbst wollte ihren Kopf nur noch stillhalten, denn der tat weh und glühte, während der Körper vor Kälte geschüttelt wurde. Martha sprach der nervösen Schar Intelligenz ab. Nur weil jemand auf der Bank sitzt, gibt es nicht gleich Futter. Da waren die Krähen klüger, die blieben, wo sie waren, und hatten das Terrain nun für sich alleine. Hätte ich auch bleiben sollen, wo ich war? Bin ich so blöd wie die Tauben? Taubendämlich? Sie zog eine Hand aus der Manteltasche, machte eine kurze Wurfbewegung, worauf alle Schnäbel aufgeregt im Dreck hackten. Taubendeppert! Sie dachte an ihren Vogelwunsch, und dass es vielleicht nicht verkehrt wäre, sich für ein Krähenleben zu entscheiden. Sind enorm anpassungsfähig. Hatte sie in einer Doku gesehen, als Karl auf der Gemeinderatsitzung war. Und die eine würde der anderen kein Auge aushacken. Das war ihr auch sympathisch. Der Husten schmerzte. Sie erhob sich und der aufkommende Schwindel zwang sie, einen Moment stehen zu bleiben. Die Tauben flogen auf und mischten sich wieder unter die Krähen.

Im Hotel fand sie ihr Bett gemacht vor. Sie schluckte eine Ibuprofen, kroch im Mantel unter die Decke und konnte gar nicht mehr aufhören zu zittern. Gegen Morgen fiel sie in einen kurzen Schlaf, der nicht nur vom Husten beendet wurde, sondern auch von der Sorge, zu spät aufzuwachen, denn sie musste noch packen.

MONTAG

Im Schuhkarton verschwand all das, was normalerweise in Kulturbeuteln verstaut wird. Die Haarklammern, die nun nicht mehr gebraucht wurden, hielt sie versonnen in der Hand und schaute in den Spiegel. Vielleicht hätte sie doch noch die Haare waschen sollen. Und den Jogginganzug. Der roch nach Tag und Nacht, aber er war warm und darauf konnte sie momentan nicht verzichten. Salz und Pfeffer legte sie ganz unten in die LIDL-Tasche. Die angefangene Rolle Klopapier ließ keine Skrupel aufkommen. Ihre braunen Lederschuhe hatten immer noch den weißen Rand von der Feuchtigkeit. Die Handtasche packte sie obendrauf, und mit der Klinke in der Hand schaute sie nochmal in das kleine Zimmer mit Bad, das sie am Montag vor einer Woche zu ihrem Zuhause gemacht hatte. Wo war sie geblieben, diese Glückseligkeit, als sie am ersten Abend auf dem Bett lag? Die gab es nicht mehr. Martha gestand sich ein, dass sie keinen

Plan gehabt hatte, dass sie naiv gewesen war, dass sie ihren Ausbruch schon vor Jahren hätte in Angriff nehmen sollen, ohne einen kettenrauchenden Rumänen im Tigerhemd. Aus eigener Kraft. Sie fühlte sich miserabel und konnte sich kaum erinnern, dass ihr Brustkorb jemals so geschmerzt hatte.

Die Rechnung für sieben Übernachtungen faltete sie auf eine Größe, die ins Portemonnaie passte, in dem sich das Restgeld befand. Sie hatte gestern keinen Eintrag ins *Haushaltsbuch* gemacht. Sie wusste, dass der Betrag, der sich unterm Strich befunden hätte, für eine Rückfahrkarte nicht reichen würde, wohl aber für ein Telefongespräch. Die Niederlage mündlich ankündigen? Nein. Sie wollte schon vor der Haustür stehen. Kein Winseln. Und Vorwürfe wollte sie an sich abprallen lassen. Wollte sich mit Argumenten rechtfertigen. Diese Bereitschaft betrachtete sie schon mal als Gewinn aus der ganzen Niederlage.

Inkoop van oud Goud.

Die bedruckte Werbefolie beanspruchte die untere Hälfte des Schaufensters in der Diamantenmeile. Ein wirrer Haufen aus Ketten, Armreifen und Eheringen. Dahingeworfen sah er aus, die Euroscheine waren dagegen ordentlich gefächert wie Spielkarten.

Martha dachte an all die Schicksale, die zu jedem Schmuckstück gehörten. Ihr eigenes führte sie gerade zum Bahnhof. Sie hatte schon sechs Diamant-Läden hinter sich gelassen, als sie plötzlich stehen blieb. Der Ehering. Vielleicht würde der Erlös zusammen mit dem Rest für die Fahrkarte reichen. *Inkoop von oud Goud.*

Bevor sie umkehrte, zog sie am Ring, der unerwartet schnell vom Finger rutschte. Das war neu, normalerweise half ihr ein Tropfen Spülmittel, wenn sie anschließend im Teig kneten wollte. Sie steckte den Ring in die Manteltasche und ging das kurze Stück zurück. Die Tür öffnete sich erst, nachdem sie geklingelt hatte. Der Laden war klein, der Weg zum Tresen kurz. Wortlos legte sie das Schmuckstück darauf. Der Mann dahinter musterte Martha über seine Lesebrille hinweg. Dass sie nicht gekommen war, um Diamanten einzukaufen, betrachtete sie als offensichtlich und schob ihm den Ring ein Stück entgegen.

»Ze willen verkopen?«

Martha nickte. Der Mann schob sich die Lesebrille auf die Stirn und klemmte sich eine Juwelierlupe ins rechte Auge. Gleichzeitig ging sein Mund in die Breite, die Oberlippe rutschte über die Vorderzähne hinweg und legte das schwulstige Zahnfleisch frei. Dann nahm er das Vergrößerungsglas wieder vom Auge und legte den Ring auf eine Waage.

»Vijfendertig euro.«

Zum fragenden Blick zuckte Martha mit den Schultern.

»Thirty five.«

»Ich spreche auch kein Englisch.«

»Fumfunddreißig.«

»Fünfunddreißig! Ich brauche sechzig!«

Der Mann schüttelte den Kopf. »Onmoglich.«

Martha griff nach dem Ring, der wieder auf dem Tresen lag.

»Viersig, meer is niet mogelijk.«

Jetzt schüttelte Martha den Kopf, steckte den Ring wieder in die Manteltasche und ging.

»Fumfundviersig.«, rief er ihr nach, da ließ sie die Tür schon ins Schloss fallen.

Neben Enttäuschung spürte sie auch Erleichterung. Vierzig Euro für eine langjährige Ehe! Es kam ihr so verrückt vor, den Ring zu verkaufen, um zu Karl zurückzukehren. Ein Symbol der ewigen Verbundenheit, hatte der Pfarrer damals gesagt. Da hatte sie ihren Karl regelrecht angehimmelt und glaubte, dass das mit Liebe zu tun hatte. Sie war verheiratet. Das war wichtig. Schneller als so manche aus ihrer Klasse, die der *fetten Sau* die Zukunft gerne miesgemacht hatten. Weinen wollte Martha nicht, weil es nichts ändern würde. Im Bahnhof war es kalt und von den Gleisen zog es. Nach Brüssel gingen ständig Züge. Aber was sollte sie in Brüssel? Umsteigen müsste sie dort …Sie nahm zwei Ibuprofen und hoffte, auch klarer im Kopf zu werden. Der Kirchen-Bahnhof spendete ihr gerade keinen Trost. Sie verließ ihn schleppend und mit hängender Schulter, an der die LIDL-Tasche zog.

Bei McDonald's war es warm und laut. Sie bestellte einen Kakao und einen Cheeseburger. Ohne Fahrkarte war eh alles egal. Worauf sollte sie jetzt noch sparen! In dieser Stimmung setzte sie sich an einen freien Tisch, den abgelegensten, den sie finden konnte. Sie nippte am heißen Kakao, nahm nach längerem Pusten größere Schlucke, während aus dem Krach Gemurmel wurde, das sich schließlich in eine unbekannte Ferne verzog. Dann kippte ihr Oberkörper auf den Tisch und sie schlief ein.

Martha wurde wach, als an ihr gerüttelt wurde. Sie lag mit dem Kopf auf dem noch eingepackten Cheeseburger.

»Maar slapen is hier niet mogelijk.« Abgesehen davon, dass es ihr peinlich war, schüchterten das weiße Hemd und die Krawatte ein. Mit gesenktem Blick drückte sie sich an den besetzten Tischen vorbei nach draußen. Der Wind griff in ihre Haare, wirbelten sie herum und Martha strich sie sich mit der freien Hand immer wieder aus dem Gesicht. Bei der alten Frisur war das nie passiert. Und hätte ich *überhaupt* alles beim Alten gelassen, würde ich jetzt auch nicht hier stehen und frieren! Zusammen mit den Haaren wischte sie sich die Tränen aus dem Gesicht und ging zum nahegelegenen MediaMarkt. Sie dachte an die Fernsehabteilung, zumindest in Ulm gab es

Sitzgelegenheiten. Zusammen mit Karl hatte sie dort Platz genommen und auf die Flachbildschirme geschaut, um sich anschließend für einen zu entscheiden.

Televisie & Audio. Es gab nur einen Hocker und der war sicherlich ausschließlich fürs Personal. Da Martha aber weit und breit kein Personal sah, ließ sie sich nieder. Den Mantel zog sie aus, damit sie draußen wieder etwas zum Anziehen hatte.

Flatternde bunte Vögel vor sattem Grün, tanzende Menschen in Trachten, farbenprächtige Fische in glasklarem Wasser, Surfer auf haushohen Wellen. Die Fische gefielen Martha am besten. Den Cheeseburger aß sie nur, weil er da war. Ein Blick auf die Uhr erklärte die Zunahme der Kunden, die an ihr vorbeiliefen oder auch stehenblieben. Die Mittagszeit war vorüber, der Zeiger stand kurz vor drei. Die Angestellten trugen praktischerweise rote Hemden, um schnell gefunden zu werden. Martha wollte nicht gefunden werden. Sie folgte der Beschilderung zu den Toiletten. Auf einem Tischchen stand ein Teller und auf dem lagen Münzen. Den Spülgeräuschen folgte die Toilettenfrau rückwärts aus einer offenstehenden Tür. Sie hatte einen Lappen und eine Sprühflasche in der Hand und sie hatte eine Aufgabe. Toilettenfrau, das hätte Martha auch gemacht. Dabei musste man auch gar nicht reden. Die Toilettenfrau sagte *Goede dag.*

Martha füllte in einem unbeobachteten Moment ihre Trinkflasche auf. Zu den Münzen legte sie einen Euro. Sie hätte sich gerne auf den Stuhl am Tischchen gesetzt. Ein Ort mit Wachstuchdecke und Plastiknelke. Ein kleines eigenes Reich, sie wäre ohne weiteres bis zum Ladenschluss geblieben. Aber wie sollte sie das erklären. Also ging sie an den Kühlschränken vorbei zu den Waschmaschinen. Ihre in Günzburg schleuderte nicht mehr so richtig. Karl meinte mit einer Neuanschaffung zu warten, weil der Rest ja noch bestens funktioniere.

Martha hatte das Gefühl, bald nicht mehr zu funktionieren. Die Schmerzen beim Husten nahmen zu, das Atmen fiel ihr schwer und das Fieber schien zu steigen. Sie sehnte sich nach einem Bett, irgendwo, auch in Günzburg, es wäre ihr egal. Bei den Staubsaugern setzte sie sich auf einen Karton, nahm eine weitere Ibuprofen und beschloss, Karl morgen anzurufen. Der Kopf fiel auf die Brust und sie träumte von ihrer Waschmaschine, in der bunte Fische schwammen. Vom Husten wurde sie wieder wach. Mit der Rolltreppe fuhr sie in den nächsten Stock, nur um nicht nach draußen zu müssen, begab sich dann aber doch gleich wieder nach unten zum Ausgang. Sie hatte keine Kraft mehr, unnötige Runden zu drehen. Irgendwo musste sie sitzen können, ohne befürchten zu müssen, rausgeworfen zu werden. Für das Café gegenüber war sie dankbar. Es war nicht so romantisch wie das Imperial. Hier gab es auch Bier und Linsensuppe. Es war groß und es herrschte ziemlich viel Betrieb. Martha war es nur recht, dass sie lange warten musste, bis jemand an ihren Tisch kam und sie einen *Kamillethee* bestellen konnte.

Ich könnte Karl auch schon jetzt anrufen. Warum erst morgen? Martha nahm den Teebeutel aus dem Becher. Aber was sollte er heute noch regeln, es ist ja schon so spät. Sie drückte mit dem Löffel auf dem Teebeutel herum, den sie auf den Rand der Untertasse gelegt hatte. Und von wo aus sollte ich anrufen? Gibt es denn überhaupt noch Telefonzellen? Sie blies kurz in den heißen Tee, dann musste sie husten und verzog das Gesicht. Wann hatte sie das letzte Mal eine Telefonzelle gesehen? In alten Filmen. Sie nahm einen vorsichtigen Schluck. Wie soll ich Karl denn erreichen!? Ich habe kein Handy …Die Wut war kraftlos und nur ansatzweise als solche spürbar. Martha schob den Tee beiseite und legte ihren Kopf auf die verschränkten Arme. Vom Hotel aus …Ich könnte ins Hotel zurückgehen und sagen, dass Karl die Nacht bezahlt, wenn er mich am nächsten Tag abholt. Sie drückte die letzte Ibuprofen aus der Packung.

Völlig entkräftet kam sie im Ibis an. Der junge Mann, der nichts dagegen gehabt hatte, dass sie den Tee mit aufs Zimmer nahm, hatte Dienst. Diesmal schüttelte er den Kopf. Martha setzte nochmal an, sprach langsam, vielleicht hatte er nicht alles verstanden.

»There is no room left, I'm sorry.«

No room, das hatte Martha verstanden. Sie wollte nicht, dass er sah, wie sie weinte, drehte sich um und ging zum Ausgang. In der Glastür erkannte sie ihr Spiegelbild nur am grauen Mantel und an der LIDL-Tasche.

No room … hätte ich auch gesagt.

Jeder Atemzug brannte. Der Weg zum Bahnhof kam ihr wie eine Ewigkeit vor. Die Nacht wollte sie dort verbringen und am Morgen in der Touristen-Information bitten, telefonieren zu dürfen. Am wenigsten zog es am Aufgang zum *Le Royal Café*. Sie setzte sich auf die Treppe, stand aber sofort wieder auf, da war noch eine Restwürde, die sie nicht ganz verlieren wollte. Und weil sie morgen mit Karl rechnete, leistete sie sich, umgeben von Gold und riesigen Wandspiegeln, noch einen Tee und später eine heiße Schokolade. Die Spaghetti Bolognaise und das Fläschchen Mineralwasser hatte Martha nicht vergessen. Es kam ihr aber vor, als liege das schon Wochen zurück. Sie schloss die Augen, verschränkte die Hände im Schoß und es gelang ihr tatsächlich, das Denken abzuschalten.

»We close.«

Martha schreckte auf und musste feststellen, dass sie der einzige Gast war zwischen all den leeren Tischen und Stühlen. Sie bezahlte, zog ihren Mantel an, nahm die LIDL-Tasche und stand kurz darauf verloren in der Bahnhofshalle.

Sie beneidete die Menschen, die kamen und gingen, die einem verdienten Feierabend zueilten und bestimmt genau wussten, wo sie ihn verbringen würden. Die Bank, auf die sich Martha setzte, war aus Stein. Gegen die Kälte von unten breitete sie den Rock vom Kostüm aus und mit der Jacke vom Zweiteiler unterm Mantel erhoffte sie sich Wärme von oben. Das brachte keinen anhaltenden Erfolg, die Kälte kroch beständig in sie hinein, bis die Zähne klapperten. Als die Zehen zu schmerzen begannen, stand sie auf, lief ein paarmal um die Bank herum und blieb bei den Abfalleimern stehen, um Zeitungen herauszufischen. Obdachlose lagen auch häufig auf Pappe. Denen würde sie in Zukunft immer etwas in ihre Sammelbecher werfen, auch wenn Karl behauptet, die würden alles versaufen. Sollen sie doch. Sie dachte an das Bier und den Schnaps, den sie bei Rasvan getrunken hatte und dass sie jetzt auch gerne in dieser Stimmung wäre. Die Zeitungen halfen tatsächlich etwas. Das Gefühl aber, es nicht mehr aushalten zu können, der Wunsch, sich zusammenzurollen und wegzuschlafen, blieb. Immer wieder stand sie auf, versuchte sich warmzuklopfen, lief auf und ab und war dabei unsagbar müde.

Das Kommen und Gehen ließ deutlich nach, bis es kaum mehr jemanden gab, dem sie hinterherblicken konnte. Dafür patrouillierten zwei Polizistinnen und ein männlicher Kollege mit einem Schäferhund in der verlassenen Halle. Sie blieben bei Martha stehen, sagten etwas auf Niederländisch, und eine der Polizistinnen tippte dabei mit dem Finger auf ihre Armbanduhr.

»Bitte?« Martha fragte sich, wo ihr Herz die Kraft hernahm, so wild zu schlagen.

»Der Bahnhof wird geslossen. Um één Uhr.«

Das Herz schien sich im Hals festgesetzt zu haben und im Kopf rauschte alles durcheinander, ohne dass eine Lösung dabei gewesen wäre. Wie auf dem Weg zum Schafott schlich sie aus dem Gebäude, blieb unter den Arkaden des Vorbaus stehen und wusste nur, dass sie nicht in den Regen hinauswollte. Mehr nicht. An den lieben Gott dachte sie in ihrer Verzweiflung und vielleicht doch beten, zog es dann aber vor, sich auf Karl zu verlassen. Verlässlich ist er. Was in seinen Bereich fällt, wird erledigt. Plötzlich überkam sie eine Sehnsucht, wie sie sie noch nie gespürt hatte. Sie schaute zum *Radisson blue* hinüber, das mit seinen Preisen ihren Leidensweg mit Sicherheit um einiges verkürzt hätte. Martha bekam einen Hustenanfall und drückte mit beiden Händen gegen den Brustkorb, als könnte sie so den Schmerz zurückhalten. Sterben wäre auch nicht mehr schlimm. Dann aber beobachtete sie dunkle Gestalten, die rechts von den Arkaden eine Treppe hinabstiegen und verschwanden. Nur kurz drehte sie den Kopf zum leuchtenden Blau des Luxushotels in der Ferne, dann nahm sie ihre Tasche und ging ebenfalls die Stufen nach unten. Es gab nichts mehr zu verlieren.

Fietsenstalling. Eine Tiefgarage für Fahrräder. Riesengroß und hellerleuchtet, durchzogen von meterlangen Ständervorrichtungen, hintereinander angeordnet, soweit das Auge reichte. Streckenweise stand Rad an Rad und in einer Ecke konnte sie Obdachlose ausmachen, die dort ihr Lager aufgeschlagen hatten. Da wollte sie auf keinen Fall hin. Sie drückte sich an der gegenüberliegenden Wand entlang, weit genug entfernt, und konnte sich nicht erinnern, in ihrem bisherigen Leben beim Anblick einer öffentlichen

Toilette in einen Freudentaumel ausgebrochen zu sein. Ein kleiner Kubus in der riesigen Halle, mit einem Schlitz fürs Kleingeld neben der Tür. Über der leuchtete ein grünes Licht. Neben einem steifgefrorenen Zeigefinger, erschwerte aufkommende Panik, *kein* Fünfzig-Cent-Stück im Portemonnaie zu finden, das Wühlen in den Münzen. Der Jubel war tonlos, nur das Klacken der fünfzig Cent war zu hören und dann öffnete sie die Tür. Ein feucht-muffiger Mief schlug ihr entgegen, der optische Zustand aber überraschte. Martha hatte etwas Runtergekommenes erwartet, etwas mit Tiefgaragen-Flair. Es gab sogar Toilettenpapier, immer ein Zeichen, dass sich jemand kümmerte. In einem wahren Glücksrausch verriegelte sie die Tür von innen. Ein Raum für sich alleine, ein Schutzraum mit fließend Wasser, das sie sofort über ihre eiskalten Hände laufen ließ. Es fühlte sich warm an und Martha sah sich im Spiegel weinen über so viel Glück. Zum Surren des Händetrockners summte sie leise ein Lied und sobald der Luftstrom versiegte, drückte sie erneut auf die bauchige Taste. Immer wieder. Zumindest fror sie nicht mehr. Krank und müde ließ sich leider nicht wegblasen. Sie klappte den Toilettendeckel runter, setzte sich drauf und schlief gegen den Spülkasten gelehnt ein.

Es krachte. Karl hatte Martha in der Garage eingesperrt. Er wollte sie nicht mehr im Haus haben. Wieder hatte er den Schlüssel in seinem Mercedes stecken lassen. Mit dem rammte sie ausdauernd das Garagentor. Dann wurde sie wach.

»Verdomme shit!«

Die Toilettentür erzitterte bei jedem Angriff und auch Martha fing an zu zittern. Angst und Schüttelfrost. Den Husten konnte sie nicht mehr zurückhalten.

»Is er iemand?« Wieder ein Tritt gegen die Tür. »Open!«

Der Husten ließ keine Pause zu und Martha meinte ersticken zu müssen. Sie dreht an der Verriegelung, stürzte nach draußen und direkt in die Arme der Frau mit der verfilzten lila Wollmütze.

»Oh je shit!«

Die Frau stank. Die übergroße dunkelgrüne wattierte Jacke war speckig vor Dreck. Die Hände steckten in zwei verschiedenen Fäustlingen und der rechte obere Schneidezahn fehlte.

»Wat doe jij hier?«

Martha hustete und schaute aus ihren vom Fieber glänzenden Augen. Für mehr war keine Kraft mehr, auch nicht für Verzweiflung.

»Daarbinnen!« Die Frau schob Martha zurück in die Toilette, gab ihr ein Zeichen zu warten und schälte ihren schmächtigen Oberkörper aus mehreren Kleidungsschichten. Sie wusch sich mit einem Schwamm, der ordentlich schäumte, dann putzte sie sich die Zähne und zog all das wieder über, was sie abgelegt hatte. Sie stank immer noch und sagte ihren Namen. Antje.

Martha erinnerte sich nicht mehr, ob sie ihr ihren eigenen Namen verraten hatte. Sie erinnerte sich nur, dass Antje sie ziemlich lange durch das nächtliche Antwerpen hinter sich hergezogen hatte und ihre LIDL-Tasche schleppte. Dass die Decken ebenfalls stanken, die über ihr ausgebreitet wurden, störte sie nicht, auch nicht, dass sie in einem zugigen Rohbau lag. Dafür war auch gar keine Zeit mehr, denn dann war alles nur noch dunkel.

COLETTE

Es roch gut. Martha mochte ihre Augen gar nicht aufmachen, aus Angst, dass sich dann alles in Luft auflösen würde. Sie wollte den Duft von frischgebügelter Wäsche festhalten, ihn nie mehr loslassen.

Antje. Martha atmete tief ein und wunderte sich, dass der Gestank ausblieb. Mit nur einem Auge blinzelte sie vorsichtig in das Weiß hinein, das ihr bis zur Nasenspitze reichte. Dann riss sie beide Augen auf, in die das milchige Deckenlicht fiel, dem sich unvermittelt ein schmales Gesicht mit dunklen Locken davorschob.

»Hallo, ich bin Colette.«

Martha richtete sich erschrocken leicht auf. Colette wich lächelnd ein Stück zurück, und auch ohne von ihr informiert worden zu sein, hatte Martha keinen Zweifel gehabt, in einem Krankenhaus zu liegen. In der Beuge des linken Arms steckte die Kanüle und aus der hochgehängten Flasche tropfte es. Ein Zweibettzimmer.

»Ich soll melden, wenn Sie wach sind.« Colette drückte auf den roten Knopf. »Sie sind seit heute Morgen meine neue Bettnachbarin.« Als gehöre sie zum Personal, schüttelte sie das Kissen auf und brachte Martha sanft in die Liegeposition zurück.

»Mevruow Müller, hoe gaat het?« Die Schwester stellte die Frage schon, da hatte sie die Tür noch nicht hinter sich geschlossen und bevor Martha antworten konnte – wobei sie nur *Müller* verstanden hatte –, zog sie ein Fieberthermometer aus der Schürzentasche und steckte es Martha ins Ohr.

»Achtendertig negen.«

Dann sprach sie länger mit Colette und verließ mit einem *tot morgen* das Zimmer, was Martha mehr als beunruhigte.

«Was hat die Schwester gesagt? Ich sei morgen tot?«

Colette hörte gar nicht mehr auf zu lachen. »*Tot morgen* heißt bis morgen! Darf ich du sagen? Martha, stimmts? Haben mir die Schwestern verraten, als sie dich heute Morgen hier reingeschoben haben. Eine Lungenentzündung. Das kriegen die wieder hin. Nur meinen Finger, den kriege ich nicht mehr zurück.« Colette hob ihren linken Arm in die Luft und winkte mit der verbundenen Hand. »Der Zeigefinger. Ein Teil von mir ist quasi schon tot, der Rest aber noch quicklebendig!«

Martha wunderte sich über die gute Laune, trotz des Verlustes eines Fingers. Sie war wegen einer Lungenentzündung hier gelandet. Wie und wann? Während sie tief ein- und ausatmete, warf sie den Kopf hin und her. Tat alles nicht mehr so schlimm weh wie vor …

»Welcher Tag ist heute?«

»Mittwoch.«

»Und wann bin ich hier eingeliefert worden?«

»Das weiß ich nicht, aber du warst wohl kurz auf der Intensiv. Morgen bei der Visite kannst du all deine Fragen stellen, jetzt soll ich mich ein bisschen um dich kümmern.«

»Sprechen die Deutsch?«

»Ich glaube nicht. Aber dafür bin *ich* ja da.«

»Warum sprichst du Deutsch?«

»Ich bin in Eupen geboren. Das liegt in der Nähe von Aachen, im deutschsprachigen Teil von Belgien. Meine Mama kam aus Antwerpen.«

»Warum kam?«

»Weil sie tot ist.«

»Oh, das tut mir leid.« Martha strich verlegen über die weiße Bettdecke und hatte fast ein schlechtes Gewissen, sich gleichzeitig so wohl zu fühlen.

»Ich war zehn, als sie starb. Ist lange her. Zweiundzwanzig Jahre. Muss dir nicht mehr leidtun.«

»Da bist du ja beinahe halb so alt wie ich. Ich könnte deine Mutter sein.« Welch eine blöde Bemerkung. Zurücknehmen ging nicht mehr, aber Colette schien sich gar nicht daran zu stören. Die zog die LIDL-Tasche unter dem Bett hervor und fing an, Marthas Sachen in den Schrank einzuräumen.

»Schaut nicht nach einer geplanten Reise aus.« Die Zahnbürste aus dem Schuhkarton steckte sie in das leere Glas auf der Ablage über dem Waschbecken.

»Lass doch, das mache ich schon!«

»Solange du am Tropf hängst, bin ich deine rechte Hand und die hat noch alle fünf Finger.« Beide lachten, bei Martha ging es dann in Husten über. Tat immer noch weh.

»Könnte alles mal in die Wäsche. Soll ich mich drum kümmern?«

Erst jetzt bemerkte Martha, dass sie in einem Krankenhausnachthemd steckte. Weiß mit grauen Sternchen. Die Unterhose – mit der freien Hand hob sie die Decke und schob das Nachthemd nach oben – kannte sie auch nicht.

»Oh nein!«

»Was ist? Geht es dir nicht gut?«

»Die haben mich ausgezogen …«

»Hätte ich auch getan.« Sie hielt mit zwei Fingern den blauen Jogginganzug in die Höhe. »Mach dir nix draus, ist für die reine Routine.«

Martha glaubte nicht an Routine. Die haben mich gesehen! Ungewaschen und dick. Dabei macht doch niemand gedankenlos seinen Job. Wann hat Karl mich das letzte Mal nackt gesehen? Das ist so lange her. Irgendwann gingen sie nacheinander ins Badezimmer. Mit Alexanders Geburt hatte sich das schleichend eingespielt. Dass Karl sie nicht mehr anfasste, hatte sie gar nicht vermisst. Vielleicht, weil sie sich danach auch nie wirklich gesehnt hatte. Karl.

Den wollte ich anrufen. Dienstag. Heute ist Mittwoch und der ist auch schon fast wieder vorbei.

Die Tür ging auf, draußen klapperte Geschirr.

»Diner.« Zwei Tabletts wurden hereingetragen und auf den Nachtschränkchen platziert. Die Tür fiel wieder ins Schloss und das Geklapper zog weiter.

»Ist keine Sterneküche, aber essbar.« Colette fuhr Marthas Kopfteil hoch und drehte den Nachtschrank so, dass die Betttischplatte an deren Bauch stieß. »Guten Appetit!«

Sie selbst setzte sich auf ihre Bettkante und ließ die dünnen Beine baumeln. Zwei Scheiben Vollkornbrot. Eins mit Käse, eins mit Salami, zwei saure Gurken, eine Banane und ein Kännchen Kamillentee. Martha sah nicht den geringsten Grund sich zu beschweren.

»Wie spät ist es eigentlich? Die haben mir auch die Uhr abgenommen. War die bei meinen Sachen?«

»Halbsieben. Deine Armbanduhr liegt im Schuhkarton, hole ich dir.« Mit dem Käsebrot in der Hand sprang Colette auf.

»Karl isst um Sieben. Also zuhause essen wir um Sieben.«

»Wer ist Karl?«, fragte Colette mit dem Brot zwischen den Zähnen, während sie Martha die Uhr am Handgelenk fest machte.

»Karl ist mein Mann. Ich bin seit achtunddreißig Jahren verheiratet, habe drei Söhne und vier Enkel. Bist du verheiratet?«

»Neee, hab bis jetzt noch keinen abgekriegt, und jetzt, wo mir ein Finger fehlt, stehen meine Chancen noch schlechter.« Ihr Lachen war frei von Zynismus und Martha fragte sich, warum eine so hübsche Frau noch keinen abgekriegt hatte.

»Wo ist dein Karl? Und warum bist du überhaupt in diesem Zustand hier gelandet?«

»Erzähle ich dir morgen, ich bin jetzt viel zu müde. Aber erzähl du mir die Geschichte von deinem Finger.«

Colette gab ihrem Nachtschrank mit dem Fuß einen Stoß, nahm ihre Beine nach oben und begab sich in den Schneidersitz.

»Ich hatte einen Imbiss. Habe mich mit dem Messer geschnitten, wie schon oft, nur diesmal hat sich der Finger böse infiziert. Es war einfach keine Zeit zum Arzt zu gehen, bis ich es vor Schmerzen nicht mehr ausgehalten habe und dann war es zu spät. Jetzt fehlt mir nicht nur der Imbiss.

»Warum fehlt der Imbiss?« fragte Martha mit schläfriger Stimme, die Augen hatte sie schon geschlossen.

»Mietrückstand und Kündigung. Ich bin pleite. Nicht, weil der Laden nicht gelaufen wäre. Wegen Enrik.«

Martha kippte zur Seite. Sie war eingeschlafen. Ohne mit dem Reden aufzuhören, fuhr Colette das Kopfteil wieder nach unten, bettete Martha mittig auf das Kissen und schob den Nachtschrank zurück.

ENRIK

Den schlaksigen jungen Mann, der jeden Tag vor der Spielhalle stand und rauchte, konnte Colette von ihrem Imbiss aus beobachten. Es war immer das gleiche Bild: Er zog hastig an der Zigarette, warf sie noch nicht ganz aufgeraucht in den Rinnstein, um gleich wieder in *Bos Casino* zu verschwinden. Manchmal stand er nur mit den Händen in den Taschen im Eingang. Dann war wohl alles verspielt für diesen Tag. Colette wollte ihm helfen. Colette half generell gerne. Sie fühlte sich gut dabei, und sie beschloss, dass Enrik sie brauchte. Mit Bouletten, Fritten und Kroketten fing es an. Die aß er so schnell, wie er rauchte. Irgendwann wollte er Geld, nur bis morgen, dann bekäme sie es wieder zurück. Ehrensache. Aber das war so eine Sache mit der Ehre. Colette schlug ihm irgendwann vor, im Imbiss zu helfen. Abwasch, Müllentsorgung, Putzen. Sie gab ihm zehn Euro die Stunde und weiterhin Bouletten, Fritten und Kroketten. Sie sah es als Erfolg an, wenn er bei ihr war und nicht bei Bo. Sie dachte, das seien erste Schritte. Wäre Enrik Schauspieler, hätte man ihn niemals für die Rolle eines Spielers gecastet. Sein schöner Mund und die Grübchen in den Wangen waren eher gute Voraussetzungen für den Frauenheld, und deswegen kümmerte sich Colette auch um seine Wäsche. Die Gesamterscheinung sollte stimmen. Bevor er in ihrem Bett landete, schlief er ein paar Wochen auf dem Sofa, weil es manchmal im Imbiss so spät wurde oder weil das Wetter schlecht war. Als er das erste Mal Geld aus der Kasse nahm, hatte sie ihn bei Bo sperren lassen. Aber neben Bo gab es noch so viele andere in diesem Geschäft. Ihn rauszuwerfen, schaffte sie nicht. Wegen der Liebe und wegen der Hoffnung, ihn doch noch zu einem guten Menschen zu formen. Als sie den Lieferanten für die Tiefkühlfritten nicht mehr bezahlen konnte, stellte sie ihm seine Sachen vor die Tür. Gewaschen, gebügelt und gefaltet. Und wenn er nach ein paar Tagen wieder angeklopft hätte, sie wäre weich geworden, da war sie sich sicher. Aber Enrik klopfte nicht mehr an. Es war der Vermieter, der anklopfte, da pochte es schon ordentlich im Zeigefinger der linken Hand.

KARL

Martha musste sich nicht erst wieder zurechtfinden, nachdem sie aufgewacht war. Sie liebte Krankenhausaufenthalte. Das war ein Ort, an dem man sich um sie kümmerte. Ob sie Kinder zur Welt brachte oder ausgeschabt wurde. Und jetzt sorgte man sich um ihre Lungenentzündung. Sie schaute zu Colette hinüber, die noch tief und fest schlief. In einem Nest aus dunklen Locken lag das schmale Gesicht mit der spitzen Nase und die langen Wimpern hingen wie Teppichfransen an den geschlossenen Lidern. Martha hatte sich immer eine Tochter gewünscht. Karl war Alexander schon zu viel. »Außerplanmäßig«, hat er damals gesagt, nachdem sie sich das erste Mal übergeben musste.

Weil sich die Blase meldete und die Infusion noch am Arm hing, klingelte sie nach der Schwester. Davon wachte Colette auf.

»Heute musst du mir von Karl erzählen«, sagte sie zu Martha, die von der Toilette zurückkam.

»Ich habe gerade ganz andere Sorgen, … meine Haare! Ich muss dringend unter die Dusche!«

»Und ich mache dir dann eine wunderschöne Fönfrisur, während du von deinem Karl erzählst. Aber erst gibt es Fiebermessen, Medikamente, Bettenmachen und Frühstück. Die sind hier sehr pünktlich.«

Bevor Martha erfahren musste, dass sie immer noch Fieber hatte, stand sie unter der Dusche und fand es so einfach mit dem Glücklichsein. Zumindest für diesen Moment und den hielt sie fest. Ließ das Wasser heiß und dampfend laufen, ungeachtet des Säureschutzmantels auf ihrer Haut – war in einer Fernsehsendung Thema –, der in den letzten Tagen genug Möglichkeiten gehabt haben dürfte, sich ungestört aufzubauen.

Ihr Bett war gemacht, als sie mit rotem Kopf und Handtuchturban zurückkam. Die Medikamentenbox lag für den Tag gefüllt auf ihrem Nachtschrank und zum Fiebermessen kam die Schwester nochmals vorbei, nachdem Colette auf den Schalter gedrückt hatte.

Die Aussicht auf Visite bereitete ihr mehr Sorgen als die Frisur. Trotzdem drängte sie Colette, zum Fön zu greifen. Wenigstens auf dem Kopf sollte es stimmen, bevor man sie bitten würde, den Oberkörper freizumachen.

»Ich schäme mich so. Ich mag mich ja selbst nicht nackt anschauen. Ich bin so furchtbar dick.«

»So dick bist du nun auch wieder nicht und du hast ein wunderschönes Gesicht und einen beneidenswerten Kussmund.« Dann legte Colette ihre Hände über ihre linke Brust, genau auf die Stelle, wo das Herz schlägt. »Und vergiss deine inneren Werte nicht.« Sie lachte.

»Meinst du Blut und Knochen und so?« Martha hatte auch keine Lust auf Ernsthaftigkeit.

Colette rollte die Augen andachtsvoll nach oben. »Charakter, Ehrlichkeit, Freundlichkeit, Gerechtigkeit, Hilfsbereitschaft, … sowas eben.«

»Da stelle ich ja reichlich Platz zur Verfügung!« Martha fuhr mit beiden Händen über ihren Bauch.

»Setzen!« Colette hielt den Fön wie eine Waffe.

Die warme Luft blies das Unbehagen der drohenden Visite fürs erste aus ihrem Kopf. Da war nur noch Dankbarkeit, nicht frieren zu müssen und Colette fragte nach Karl.

Müsste sie Karl nicht auch dankbar sein? War doch nicht alles nur schlecht. Ich habe eine eigene Familie, ein Zuhause, drei Kinder und vier Enkel. Ich habe einen Alltag, in dem ich mich auskenne.

»Nun red schon!«

Martha ließ den Kopf nach hinten fallen und schloss die Augen.

»Wer geht schon in eine Apotheke, um Brötchen zu kaufen! Wenn man etwas Bestimmtes sucht, müsse man auch wissen, wo man es findet. Das ist einer von Karls Grundsätzen. Und deswegen hatte er sich auch vor die Hauswirtschaftsschule gestellt und *sondiert*. Karl liebt solche Ausdrücke und er liebt es, wenn alles in seinem Sinne reibungslos läuft. Ob er mich liebt, weiß ich gar nicht, auf jeden Fall bin ich reibungslos. Und deswegen hat er wohl auch mich genommen, nachdem ich die Ausbildung beendet hatte. Zwei Jahre waren wir verlobt und ich habe in der Küche eines Altenheims gearbeitet. Rücklagen fürs Eigenheim. Das gab es dann zur Hochzeit. Da haben wir noch rechtzeitig die Kurve gekriegt, bemerkte Karl, denn ich war schwanger und musste mich auf der Feier mehrmals übergeben. Gesehen hatte man noch nichts. Wenn man dick ist, bleibt der Babybauch lange unsichtbar. Nach

dem Ingo kam der Markus und dann der Alexander. Ich war gerne Mama. Ich wurde gebraucht. Heute brauchen mich die Kinder nicht mehr. Aber Karl braucht mich immer noch. Und ich frage mich immer öfter, was *ich* brauche … abgesehen von einem Smartphone, einer Kreditkarte oder einem Computer.«

Von den Vögeln wollte sie nicht erzählen, das ging auch nicht mehr wegen der Visite.

Colette übersetzte all das, was der ältere Arzt mit der Halbglatze in freundlichem Ton sagte oder fragte. Die Schwester machte auf dem Klemmbrett Notizen und der junge Assistenzarzt lächelte mit den Händen in den Kitteltaschen. Mit sehr hohem Fieber und einer Lungenentzündung sei sie eingeliefert worden. Aus einem verlassenen Rohbau habe sie die Ambulanz rausgetragen. Die Mitbewohnerin hätte den Notdienst angerufen. Mit Hilfe des Personalausweises habe man ihren Mann ausfindig gemacht.

»Dein Karl kommt morgen«, sagte Colette, als der Assistenzarzt ihr den Verband abnahm, um nach ihrem Finger zu sehen, den es nicht mehr gab. Martha durfte beim Abhören das Nachthemd anbehalten.

Haal deep adem – adem niet in – adem langzaam uit. Das tat sie alles ohne Übersetzerin, denn die war gerade mit sich selbst beschäftigt.

Ob ich nochmal Niederländisch lerne? Klingt manchmal so einfach. Aber Karl kommt. Was soll ich in Günzburg mit Niederländisch.

»Tot morgen«, sagten die beiden Ärzte beim Hinausgehen. Die Schwester kümmerte sich um den neuen Verband für Colette.

»Tot morgen«, rief Martha aufgekratzt hinterher und dachte, warum denn nicht.

»Schaut gut aus bei mir. Morgen oder übermorgen werde ich entlassen.« Freudig drehte Colette die frisch verbundene Hand und bei Martha schwand das Interesse, eine Fremdsprache zu erlernen genauso schnell, wie es gekommen war.

»Morgen? Ich habe dir noch gar nicht alles über Karl erzählt!«

»Vielleicht auch übermorgen. Erzähl einfach weiter. Du hast kein Smartphone?« Colette saß in gelbgeblümten Pluderhosen mit angezogenen Beinen auf dem Bett.

»Nein, hab ich nicht. Karl meint, für *mein* Leben nicht notwendig.«

»Für das Leben, aus dem du gerade ausgebrochen bist? War doch so oder? Und hatte offensichtlich nicht sehr gut funktioniert. Und warum Antwerpen?«

»Da wurde Karls Auto gefunden, in dem ich saß, als es gestohlen wurde. Als ich *Antwerpen* hörte, dachte ich, warum denn nicht.«

Martha erzählte die Geschichte ganz von vorne, das heißt, ab der Raststätte Hockenheimring Ost. Das mit den Vögeln erzählte sie erst am Schluss, als Colette nicht mehr auf ihrem Bett saß, sondern neben Martha stand und ihr mit einer Hand über die frisch geföhnten Haare strich.

»Und jetzt willst du wieder zurück zu diesem Karl?«

»Was soll ich denn sonst machen?«

»Was *kannst* du denn besonders gut machen?«

»Backen.« Martha strahlte. »Ich kann richtig gut backen!«

»Bakken, sagt man auf Niederländisch.«

»Bakken«, wiederholte Martha und dachte wieder über das Erlernen einer Fremdsprache nach.

Karl kam am Nachmittag. Martha hatte kaum geschlafen und das hatte nichts mit ihrem Gesundheitszustand zu tun. Es ging ihr schon viel besser. Die Kopfschmerzen waren verschwunden, der Husten gelindert, nur die Glieder taten noch etwas weh. Die Temperatur war immer noch zu hoch, und das war auch der Grund, warum Karl sie nicht gleich mitnehmen durfte. Darüber hatte sie die ganze Nacht gegrübelt, dass Karl sie wieder mitnehmen würde. Colette wollte sich was einfallen lassen, meinte, dass man nur ein Leben habe und dass von Marthas Lebens-Maßband nur noch dreißig Zentimeter übrig seien, wenn man großzügig denke. Dreißig Zentimeter. Also zwanzig, die sich noch lohnen würden. Die letzten zehn wollte sie sich gar nicht ausmalen.

Karl klopfte und ließ sich Zeit, die Tür zu öffnen, nachdem Colette *kom binnen* gerufen hatte. Martha sagte gar nichts, saß aufrecht im Bett und spürte ihr Herz schlagen. Das schlug nicht aus Freude und pochte auch nicht aus Angst bis in die Halsschlagader hinein. Es war die Aufregung, wie es sein würde, Karl nach all den Tagen wiederzusehen. Er hatte ihr nicht wirklich gefehlt. Sehnsucht? Vielleicht, als sie die Nacht frierend im Bahnhof verbrachte. Sie konnte aber nicht sagen, ob diese Sehnsucht Karl betraf oder das geheizte Haus in Günzburg.

Karl trug seinen alten Wintermantel, von dem er sich nicht trennen wollte, den er für Notfälle auf dem Speicher in einem Koffer deponiert hatte. Mit der Schiebermütze in der Hand schaute er irritiert von einem Bett zum anderen, wollte schon fast wieder gehen, blieb dann aber mit dem Blick auf Martha hängen.

»Was hast du mit deinen Haaren gemacht?«

»Gefällt es dir?« Eine überflüssige Frage. Martha wusste, dass er es mit ihrer Frisur wie mit dem Spargel hielt. Keine Experimente.

»Guten Tag!«, rief Colette dazwischen. »Colette Maes, die Bettnachbarin.«

Karl drehte die Mütze in den Händen und grüßte schnell zurück. Dann erst fragte er Martha, wie es ihr ginge. Martha ahnte, dass er ganz andere Fragen stellen wollte, war aber gerührt, als er ihr ein Döschen mit Veilchenpastillen auf die Bettdecke legte. Die brachte er früher manchmal mit, wenn er sie an der Haushaltsschule abholte. Sie hatte ihm erzählt, wie gerne sie die lilafarbenen Bonbonblumen mochte, und weil Karl Schnittblumen für rausgeschmissenes Geld hielt, gab es in der Werbungsphase gelegentlich Blüten in der Blechdose.

»Sie wollen dich erst entlassen, wenn du kein Fieber mehr hast. Wann wird das sein?«

Martha zuckte die Schultern. »Weiß ich nicht«, und sie hoffte, dass das so schnell nicht der Fall sein würde.

»Ich müsste halt wissen, wie lange du noch hierbleiben musst. Ich habe mir drei Tage Urlaub genommen. Dauert es länger, muss ich an die Hotelkosten denken, denn irgendwann ist es günstiger, zurück nach Günzburg zu fahren und wiederzukommen.«

»Achtundfünfzig Euro kostet die Übernachtung im Ibis. Das ist in der Nähe vom Bahnhof.«

»Hast *du* dort all die Tage verbracht?« Man musste Karl nicht kennen, um den Vorwurf aus der Frage herauszuhören.

»Bis ich kein Geld mehr hatte.«

»Tausend hattest du abgehoben, das hätte doch reichen müssen?« Das Wort *Tausend* presste er durch die Zähne, der Rest vom Satz ein unterdrücktes Lautwerden.

»Dreihundertfünfzig habe ich Rasvan gegeben.«

»Diesem Kriminellen, von dem mir Irene erzählte!? Martha …!« Jetzt funktionierte das mit dem Unterdrücken nicht mehr. »Dazu musst du im Übrigen noch eine Aussage bei der Polizei machen.« Karl drehte sich kurz zu Colette um. »Diese Typen gehören hinter Gitter! Dreihundertfünfzig Euro … einem Gangster …« Karls Finger kneteten die Kappe.

Danach war nur noch Schweigen. Das unterbrach Colette mit der Ankündigung, sich die Füße vertreten zu wollen. Martha war das gar nicht recht, aber sie ahnte, warum ihre Bettnachbarin plötzlich das Bedürfnis hatte, die Station abzulaufen.

Kaum hatte die die Tür hinter sich zugezogen, warf Karl seine Kappe auf die Bettdecke. »Was soll das Ganze? Das musst du mir erklären. Ich verstehe nicht … und überhaupt, mit welchem Ziel?« Karl versuchte bei all der Aufgebrachtheit Verständnis in die Stimme zu legen. Martha spürte, wie schwer ihm das fiel. Verständnis gehörte nicht zu Karls Eigenschaften. Ihr hingegen fiel es leicht – und darüber wunderte sie sich selbst – mit einer Selbstverständlichkeit zu erklären, dass es genau dieser Moment war, in dem ihr Unglücklichsein es zuließ, aus ihrem Leben entführt zu werden.

»Es war so einfach und ich brauchte überhaupt nicht nachzudenken. Ich glaube, das wollte ich auch gar nicht.«

»Du siehst ja, wo du damit gelandet bist.« Karl zog sich den Besucherstuhl ans Bett und setzte sich. »Unglücklich. Sind vielleicht die Wechseljahre, da gibt es sicherlich Tabletten. Aber die Lungenentzündung, … das müssen wir Doktor Schütte irgendwie erklären. Da wird mir schon was einfallen. Denn ich gehe mal davon aus, dass du noch in ärztlicher Behandlung bleiben musst, wenn man dich hier entlässt.«

Neben Doktor Schütte hatte Martha auch ihre Zukunft vor Augen, die sich von der Vergangenheit nicht groß unterscheiden würde.

Das Schütte-Problem schien Karl von großer Wichtigkeit. Es galt wie immer, den Schein zu wahren. Und wahrscheinlich dachte er, dass es eine Frage der Zeit sein würde, bis sich Marthas

Gefühlsregungen wieder legen würden. Martha sprach das Thema auch nicht mehr an wegen der Aussichtslosigkeit.

»Das wird alles wieder, komm erst mal nach Hause.« Karl legte eine Hand auf Marthas gefaltete Hände. Keine zügige Bewegung, aber für das Gesagte unumgänglich.

Karls Hand fühlte sich warm an. Auf Wärme wollte Martha in ihrem Leben nicht mehr verzichten. Das hatte sie sich geschworen. Trotzdem zog sie ihre Hände zurück und schob sie unter die Decke.

»Sind die Haare noch lang genug, um sie wieder hochzustecken? Du bist mir so fremd mit dieser Frisur.«

Martha dachte an den nächsten Frisörbesuch. Diesmal kinnlang.

Karl schaute im Smartphone nach *Ibis Budget* und fragte nach Parkmöglichkeiten in der Ecke.

»Ich war immer nur zu Fuß unterwegs, ich brauchte keinen Parkplatz. Aber ein Smartphone brauche ich, das besorge ich mir dann in Günzburg.«

Dazu sagte Karl nichts. Möglicherweise wollte er Marthas Rückkehr nicht aufs Spiel setzen.

Zumindest hinterließ dieser Schachzug bei ihr ein Hauch von Triumph.

»Ich fahr dann mal los. Morgen früh schau ich wieder vorbei und vielleicht hast du dann schon Informationen zum Entlassungstermin.« Er gab ihr einen flüchtigen Kuss auf die Stirn, schob den Besucherstuhl zurück und ging zur Tür. Irgendwie sah er von hinten so traurig aus in dem alten Wintermantel, der sichtlich zu eng geworden war. Für Notfälle.

Martha rief ihm *tot morgen* hinterher.

»Und nun?« Colette saß wieder auf dem Bett, die Knie eng an den Körper herangezogen. »Also, was hast du mit den restlichen dreißig Zentimetern vor?«

»Ich mag das nicht, wie du redest, ich will nicht immer dieses Maßband vor den Augen haben!« Martha fuhr mittlerweile routiniert das Kopfteil nach unten und starrte an die Decke. »Was soll ich denn machen, natürlich fahre ich mit Karl zurück. Und dann kaufe ich mir ein Smartphone.«

»Dann kannst du dir eine App runterladen, die Vogelstimmen erkennt. Kannst dann dein

Smartphone aus deinem Küchenfenster halten und dich über den Piepmatz informieren, in den du dich hineinsehnst.«

»Du bist gemein!« Martha kämpfte mit den Tränen.

»Ich bin nicht gemein. Ich will dir helfen. Deinen Karl habe ich ja nun kennengelernt. Wenn auch nur kurz. Sorry, schaut aus wie ein Buchhalter alter Schule, der seine Freizeit mit einem Hausmeisterposten füllt.«

Jetzt musste Martha lachen und hielt die Tränen auch nicht mehr zurück.

»Meine Wohnung hier in Antwerpen ist klein, aber auf dem Sofa wäre Platz für dich.«

»Ich will doch nicht dreißig Zentimeter lang auf einem Sofa liegen!«

Colette ließ sich prustend auf den Rücken fallen. »Hättest du auch keine Zeit dazu, denn du musst backen.« Mit einem Schwung setzte sie sich auf den Bettrand. »Home Baking.«

»Ich kann kein Englisch.« Martha drehte ihren Kopf zu Colette.

»Du sollst ja auch kein Englisch reden, du sollst bei mir zu Hause backen und deine Kuchen und Torten verkaufen wir.«

»Wo denn? Machst du ein Schild an deine Klingel? Koken to verkopen.«

»Es heißt *cake te verkopen*. Aber kein schlechter Versuch.« Colette grinste.

»*Verkopen* habe ich geraten!« Auch Martha setzte sich am Bettrand auf.

»Firmenfeiern, Geburtstagspartys, Taufen, Firmung, Altenkaffee, Weihnachten, Ostern …« Colette zählte mit den Fingern der rechten Hand ab. »Und natürlich die sozialen Netzwerke!«

»Und berufstätige Mütter, die keine Zeit haben, Selbstgebackenes im Kindergarten abzuliefern.« Martha steckte sich gleich drei Veilchenpastillen in den Mund.

»Goed idee!«

»Aber wie erfahren die alle von uns, und dass ich die besten Kuchen backe?« Sie hielt Colette das Döschen mit den lila Blumenbonbons hin.

Die schob die Hand zurück. »Soziale Netzwerke. Ein paar Leute könnte ich auch privat ansprechen, ein Aushang in Kindergärten und dann Mund-zu-Mund-Propaganda. Ich sage dir, das läuft. Du backst, ich kümmere mich um den Vertrieb.« Colette sprang auf, sang *We are the champions*, tanzte auf Martha zu und zog sie vom Bett.

Der Infusionsständer führte die kleine Polonaise an.

WORLD WIDE WEB

Colette durfte tatsächlich am nächsten Tag ihre Sachen packen und das Krankenhaus verlassen.

Polonaise-Stimmung war gestern. Heute blies Martha Trübsal. Sie wollte gar nicht hinschauen, als Colette ihre Sachen in die Sporttasche stopfte. Dass sie dabei auch noch vor sich hin summte und Begriffe wie Kuchenfee, Backwunder, Traumwerk oder Cake-to-home einstreute, war wie Öl aufs Feuer. Von der Idee mit der Backerei war sie auch nicht mehr überzeugt. Von wegen *Champions*. Wie ein Verlierer kam sich Martha vor. Warum sollte Colette zurückkommen und mit *ihr,* mit Martha Müller aus Günzburg, eine gemeinsame Zukunft aufbauen, wo für die eigene noch so viel vom Maßband vorhanden war?

»Cake-to-home finde ich nicht schlecht. Was meinst du?«

»Hast du nicht gesagt, du seist pleite?« Ohne Moos nix los. Einer von Karls Sprüchen. Manchmal hat er recht.

»Da musst du dir nicht dein hübsches Köpfchen zerbrechen. Folge einfach nur Colette!«

»Das habe ich bei Rasvan auch gemacht«, rief Martha Colette hinterher, die im Bad verschwunden war.

»Rrrrrrasvan …« Colette steckte den Kopf zur Tür hinaus und Zahnpastaschaum tropfte auf den Fußboden. Das Gelächter war so laut, dass eine Schwester nachfragte, ob alles in Ordnung sei.

»Siehst du, geht doch. Köpfchen hoch. Ich nehme deine Schmutzwäsche mit und tauche im Übrigen jeden Tag bei dir auf. Mich wirst du nicht mehr los, du liebe, dicke, süße Kuchenfee! Wir machen unser Start Up. Ja, ich weiß, dass du kein Englisch sprichst …«

Nach Tagen zeigte sich mal wieder die Sonne und warf ihr Licht in das nüchterne Zimmer mit dem leeren Bett. Die Schwestern hatten es abgezogen, da war Colette noch gar nicht weg. Ein trauriger Haufen aus Kissen und Decke und auch Martha war traurig, da half die ungewohnte Helligkeit von draußen nicht. Sie fühlte sich einsam und wollte gar nicht mehr hinschauen auf die stillgelegte Stätte, die so etwas Endgültiges ausstrahlte. Karl sagte auch nicht viel, als er auftauchte, und weil man Martha auf keinen Fall vor dem Wochenende ziehen lassen wollte, entschloss er sich, nach Günzburg zurückzufahren. Ob sie noch etwas brauche, fragte er und sie schüttelte den Kopf, auch weil sie daran glauben wollte, dass Colette sich um ihre Schmutzwäsche kümmern würde. Bevor Karl ging, kamen zwei Schwestern und fuhren das Bett aus dem Zimmer. Es dauerte nicht lange, Karl war schon weg, und das Bett wurde wieder hereingeschoben.

»Mevrouw de Groot. Frau de Groot, your new bed neighbor.«

Frau de Groot schlief und machte auch noch bei einbrechender Dunkelheit den Eindruck, nie mehr aufwachen zu wollen. Martha schaute immer wieder zu ihr hinüber. Ein grauhaariges, runzeliges Etwas und sie fragte sich, was die alte Frau für ein Leben hatte, ob sie zufrieden war trotz des Krieges, den sie mit Sicherheit miterlebt hatte. Vielleicht war sie zufrieden gerade wegen des Krieges, dachte Martha, weil es nichts Schlimmeres gibt und alles andere, was da unerfreulich daherkommen mag, nur halb so schlimm sein kann. Unsere Generation kann sich glücklich schätzen – das wiederholte Karl immer wieder –, wegen des Friedens, in dem wir aufwachsen durften. Einen Krieg wollte Martha auf keinen Fall, aber gegen Glücklichsein ganz ohne Bombenhagel hätte sie nichts einzuwenden.

Frau de Groot bekam kein Abendessen, dafür wurde eine neue Flasche an den Ständer gehängt und ihr wünschte die Schwester *goede eetlust*. Essenslust. Martha fand, dass man bei dieser Sprache nur blöde, aber naheliegende Worte zu suchen brauchte und die dann hinten ein bisschen aus dem Hals drücken musste. Ihre Bettnachbarin hatte noch gar nichts hinten aus dem Hals gedrückt, da war es schon weit nach Mitternacht und Martha wünschte sich nichts anderes als eine traumlose Auszeit.

Colette tanzte am nächsten Tag ins Zimmer. Die Wäsche hatte sie nicht mitgebracht, sei noch nicht trocken.

»Oh, eine neue Mitbewohnerin.«, flüsterte sie.

»Wir können uns ganz normal unterhalten. Die neue Mitbewohnerin ist nicht einmal aufgewacht, als man sie heute Morgen gewaschen hat.«

»Zweitausend Euro bringt mir der abbe Finger.« Wie eine Trophäe hielt sie die verbundene Hand in die Luft. »Spätestens nächste Woche bekomme ich das Geld von der Unfallversicherung. Dann gibt es noch ein bisschen Sozialhilfe, was brauchen wir mehr!«

Martha sagte, sie brauche Bedenkzeit. Natürlich freute sie sich, dass Colette an ihrem Bett stand. Die war so energiegeladen, dass Martha gar nicht anders konnte, als sich mitreißen zu lassen. Auf ihrer Bettdecke lagen die ersten Entwürfe der Informationsblätter mit Telefonnummer zum Abreißen. Unter jedem Blatt eine ganze Klaviertastatur. Dann ließ Colette die rechte Hand über ihren Laptop rasen und Martha konnte gar nicht fassen, was alles möglich war.

»Und da schauen die Leute rein und bestellen Kuchen?«

»Yeeeph …«

»Welche Kuchen? Haben wir ein Sortiment oder haben die Leute eigene Wünsche?«

»Wie schön, die Backfee denkt mit!«

»Gestern war ich noch die Kuchenfee.«

Der drückte Colette einen Schreibblock und Stift in die Hand. Für alle aufkommenden Gedanken und unabkömmlichen Anschaffungen. Nach Karl fragte Colette gar nicht mehr. Martha sagte, dass er käme, wenn das Fieber weg sei.
»Dann sind wir beide auch weg.«

Ohne Colette war es wieder still im Zimmer. Frau de Groot hörte sie nicht einmal atmen und fragte sich, ob sie schon tot sei. Irgendwann sterben wir alle. Martha stand auf, schob ihren Infusionsständer zum Bett der Nachbarin und schaute lange in das faltige Gesicht, das nicht mehr von dieser Welt schien. Bedenkzeit brauchte sie auf einmal nicht mehr.

Mit Block und Stift saß sie in ihrem Bett und notierte Gedanken und unumgängliche Anschaffungen.

Colette kam täglich, bevorzugt, wenn die Visite ihre Runde machte und ihre Sprachkenntnisse gefragt waren. Mehr ging gar nicht, sie fühlte sich gebraucht und lebendig wie schon lange nicht mehr und behauptete, dem fehlenden Finger nur dankbar zu sein. Für Trübsinn war auch keine Zeit. Sich selbst ganz hinten anzustellen, das konnte sie gut. Jenen zu helfen, die ihre Hilfe brauchten – ob sie es wollten oder nicht, da nahm Colette keine Rücksicht – das betrachtete sie als ihre Lebensaufgabe.

Montag, übersetzte sie, Montag könne Martha damit rechnen, entlassen zu werden, die Temperatur sei nur noch leicht erhöht, sie solle sich aber bei ihrem Hausarzt melden. Der ihre sei auch nicht schlecht, behauptete Colette, vor allem unkompliziert, Martha müsse sich einem Doktor Schütte aus Günzburg nicht verpflichtet fühlen.

Dann fuhr sie den Laptop hoch und gab *Backformen* in die Suchleiste ein. Die standen ganz oben auf Marthas handschriftlicher Liste. Eckig, rund, tief, flach, dunkel, hell, Metall, Silicon. Eine unerschöpfliche Auswahl, die Martha mit offenem Mund bestaunte und sich niemals hätte vorstellen können, wenn sie nicht mit eigenen Augen dabei gewesen wäre.

Das Angebot erleichterte nicht die Entscheidung und Martha fürchtete schon eine ähnliche Flut an Rührschüsseln, die sie unter *Backformen* notiert hatte. Das war dann auch nicht unbegründet und verhielt sich bei den Nudelhölzern, Teigschabern und Küchenwaagen nicht anders.

»Alles auf Deutsch, obwohl wir in Belgien sind?«

»WWW. World Wide Web. Wo hast du denn all die Jahre gelebt, liebe Martha?« fragte Colette.

»Bei Karl in Günzburg.« Jetzt kam sie sich taubendämlich vor.

Achtunddreißig ungenutzte Jahre ließen sich nicht an einem Tag nachholen. Aber damit anzufangen, dem stand nichts im Weg. Martha wollte alles wissen, wie das funktioniert mit dem WWW.

Laptop runterfahren. Laptop hochfahren. Das wiederholte sie mehrfach, bevor sie mit dem Cursor auf den eingerollten Fuchs klicken durfte. Dass sie mit dem Cursor erst in die Suchleiste musste, bevor sie mit einem Finger die Buchstaben auf der Tastatur zusammensuchte, wusste sie nicht. Großschreibung, Löschen, neue Suche. Erst als eine Schwester reinkam und das Licht anmachte, merkten sie, dass es schon dunkel war. Die löste mit dem Fuß die Bremsen von Frau de Grootes Bett, um sie aus dem Zimmer zu schieben. Colette sprang auf und half ihr bei dem

Manöver. Zum Dank nickte die Schwester kurz, erinnerte aber nichtsdestotrotz an die festen Besuchszeiten.

Martha wollte, dass wenigstens der Laptop bleiben kann. Auf das *tot morgen* reagierte sie gar nicht mehr. Sie war im weltweiten Netz unterwegs.

Frisuren: Die schönsten Schnitte für kurze Haare.
Übergewicht: Ein Substantiv, Neutrum (das). Weiter unten von der Apothekenrundschau: Wenn die Waage zu viel Pfunde anzeigt ...
Liebe: Ein starkes Gefühl des Hingezogenseins ...
Karl: männlicher Vorname, auch in der Schreibweise Carl. Darunter Karl Lagerfeld.
Günzburg: Kreisstadt in Schwaben. 125 747 Einwohner.

Die vielen Fotos dazu ließen kein Heimweh aufkommen. Durchweg Sonne und blauer Himmel. Martha kannte auch die grauen Tage.
Bevor sie einschlief, dachte sie darüber nach, ob man an der Einwohnerzahl etwas ändern würde, wenn sie nicht mehr zurückkommt.

Warum man Frau de Groote hinausgeschoben hatte und wo sie jetzt verblieben war, darüber hatte sie gar nicht mehr nachgedacht.

Sonntag war der letzte Tag im Krankenhaus. Die Schmerzen im Brustbereich spürte Martha nur noch, wenn sie daran dachte. Das war selten der Fall.

Frau de Groote ging ihr durch den Kopf. Die war verstorben.

»Backbücher brauche ich nicht«, sagte sie in einer Aufbruchstimmung, die sie selbst überraschte.

»Ich halte mich eh selten ganz strikt an Rezepte, das macht meine Kuchen ja aus. Wegen der Mengenverhältnisse reichen mir ein paar Anleitungen, aber gegen Inspiration aus dem Netz habe ich nichts.«

»Dazu musst du nur *Backen* in die Suchleiste eingeben. Oder du gibst Nusskuchen oder Käsekuchen oder Buttercremetorte ein. Was du willst.«

Martha fing mit *Backen* an. Und gerade wegen der Hochstimmung kam ziemlich viel Ärger gegen Karl auf. »Der soll nie mehr entscheiden, was ich brauche oder nicht!« Das sagte sie laut und klickte auf *Einfach backen: Die besten Rezepte mit Gelinggarantie.*

Als Colette Musik dazuschaltete, schüttelte sie völlig entgeistert den Kopf und hörte damit auch nicht auf, als Colette sie fragte, ob ihr die Musik gefiele.

»Was magst du denn hören?«

»Geht denn alles, egal was?«

»Egal was!«

»Auch Costa Cordalis?«

»Auch Costa Cordalis.«

Und dann hörten sie *Anita* und *Steig in das Boot, Anna Lena*.

»… es ist für uns beide gemacht!«, brüllten sie den Text mit, ohne sich an irgendwelche Harmonien zu halten.

Die letzte Nacht verbrachte Martha mit Vicky Leandros, Udo Jürgens, Mireille Mathieu, Michael Holm, Chris Roberts und Lena Valaitis. Die Lieder ihrer Jugend. Mit den Les Humphries Singers schlief sie ein.

Nach der Unterschrift auf die Entlassungspapiere und dem Händedruck der Oberschwester gab es noch Antibiotikum für eine Woche.

»Sie will wissen, ob dich dein Mann nicht abholt«, übersetzte Colette.

»Er sagte, ich solle ihn anrufen, wenn es so weit wäre. Aber wie denn, ohne Handy …«

KUCHEN

Martha schaute aus dem Küchenfenster. Ein Hinterhof mit Garagendächern, Mülltonnen und dem schwarzen Gerippe eines entlaubten Baums. Zwei Krähen flogen auf, als ein Fahrradfahrer den Hof querte. Sie dachte an die Krähen im Stadtpark, und dass sie dort gefroren hatte. Wenigstens warm war es bei Colette. Die Ecke mit dem Sofa, wo sie schlafen sollte, wollte sie sich herrichten. Sie schien ein Abstellplatz für all das, was Colette meinte, aus dem Imbiss retten zu müssen. Aber auch die bestellten Küchenutensilien, alle noch original verpackt, lagen auf oder neben dem Sofa. Ein weinrotes Samtsofa mit vielen abgewetzten Stellen, an denen das stumpfe Rot des Grundgewebes durchschimmerte. Martha fragte sich, ob die Enttäuschung nur so groß war wegen der Erwartungen, die sich in den letzten Tagen aufgebaut hatten.

Die Krähen hatten sich wieder im kahlen Baum niedergelassen und Martha ging zur kleinen Küchenzeile. Zuallererst öffnete sie den Backofen. Backofenspray. Das hatte sie Colette nicht auf den Zettel geschrieben. Da standen nur die Zutaten für Möhrenkuchen und Mürbeteigkuchen mit Nussfüllung. Da muss sie nochmal los, wenn sie zurückkommt. Martha schlug die Backofentür wieder zu. Wenigstens dem Ceranfeld wollte sie schon mal zu neuem Glanz verhelfen. In solch einem Chaos nur rumstehen, das ging nicht mehr nach achtunddreißig Jahren mit Karl. Putzmittel fand sie nicht, also zerstückelte sie mit einem Messer einen Tab für die Spülmaschine und rührte die Krümel mit etwas Wasser zu einer Paste. Das funktionierte und zufrieden fuhr sie mehrmals mit der flachen Hand über die glatte, dunkle Fläche. Ein Anfang.

Dass der Weg ein weiter sein würde, wurde ihr klar, als sie die Hängeschränke ausräumte.

»Ich habe auch im Supermarkt unser Informationsblatt an die Pinnwand geheftet.« Colette stellte atemlos die Einkaufstüten auf dem Fußboden ab, weil auf dem Tisch der Inhalt der Hängeschränke stand. »Was machst du da? Du bist noch krank, so eine schwere Arbeit ist nichts für dich!«

Und weil Martha Ordnung brauchte, wie sie sagte, kaufte sich Colette zum Backofenspray zwei Paar Gummihandschuhe. Einmal in Übergröße, damit die linke Hand mit Verband reinpasste.

»Ich kann dir doch wenigstens helfen. Leichte Sachen, die nicht so anstrengen, dann kommen wir schneller voran.« Martha zog eine Schublade auf und schob sie gleich wieder zu. »Also Karl hätte *Saustall* gesagt. Mich strengt alleine schon das Hingucken an, dann spielt es doch keine Rolle mehr, wenn ich dabei tätig bin. Ich könnte das Geschirr abwaschen, das ich aus den Hängeschränken geholt habe.«

Colette ließ heißes Wasser in einen Putzeimer. »Die Küche ist für zwei zu klein, du würdest mir nur im Weg stehen.«

»Hier steht vieles im Weg. Ich könnte so nicht leben.«

»Du, ich hole dich gerade aus deinem alten Leben raus. Das hast du achtunddreißig Jahre ausgehalten. Jetzt musst du dich mal zwei Tage gedulden, dann kriege ich das schon so hin, wie du es brauchst.«

»Weißt du denn, was ich brauche?«

»So, … vom Diskutieren wird das hier nicht besser!« Colette schob Martha aus der Küche in den kleinen Flur. »Du könntest das Sofa freiräumen. Aber mach bitte langsam, denke an deine Lunge!«

»Und wo soll ich mit den Sachen hin?« rief Martha Colette hinterher, die schon wieder in der Küche verschwunden war.

»Alles in mein Schlafzimmer …« Die Singstimme ließ die Ungeduld gleich mitschwingen.
Im Schlafzimmer wollte Martha zu weinen anfangen. Wie hatte das wohl in ihrem Imbiss ausgesehen? Vielleicht war dieser Enrik nur erfunden? Vielleicht hatte man ihr den Laden wegen vernachlässigter Hygienevorschriften einfach zugemacht?

»Wenn ich alles in dein Schlafzimmer bringe, kannst du nicht mehr schlafen!« Auch Martha bediente sich einer Singstimme, aber so laut, dass sie nach *schlafen* husten musste und deswegen nicht hörte, dass Colette sich hinter sie gestellt hatte.

»Ich werde heute Nacht nicht schlafen.«, hauchte sie Martha ins Ohr, die mit einem Schrei zusammenfuhr.

»Ich hole dir nur schnell die Bettwäsche und eine Decke aus dem Schrank, dann kannst du hier dichtmachen.«

Und Martha machte dicht. Sie räumte nicht nur das Sofa frei, sie räumte alles beiseite, was sie für überflüssig hielt. Sie machte auch im Flur nicht Halt, damit Colette eine Ahnung davon bekommen konnte, *was* sie brauchte. Dann breitet sie das Laken auf dem Sofa aus – es war ein ungebügeltes Laken, sie würde sich beizeiten kümmern – bezog die Decke, an der sie verstohlen roch, sich aber unmittelbar dafür schämte. Das Klappern aus der Küche war auch noch im Badezimmer zu hören und Martha nahm sich beim Zähneputzen mit Blick in einen verspritzten Spiegel vor, die zwei Tage tapfer durchzuhalten. Das Antibiotikum, das sie anschließend schluckte, würde ihr sicher dabei helfen.

Das Einschlafen fiel ihr schwer, vor allem wegen der Unruhe in ihrem Kopf, aber auch die Geräusche, die aus der Küche drangen verhinderten immer wieder ein Wegschlummern. Geduld, hatte Colette gesagt. Vielleicht hat sie Recht. Ich könnte Karl ja auch nach ein paar Tagen anrufen. Ärger gibt es sowieso. Dann rieb sie schon mal gedanklich die Möhren für den Rüblikuchen. Das half.

Zum Frühstück saßen sie tatsächlich an einem frischgescheuerten Tisch mit einer halbtoten Sukkulente in der Mitte.
»Die wird wieder.«, sagte Colette mit dunklen Rändern unter den Augen und schlief nach einer Schale Milchkaffee auf dem Stuhl ein. Martha hingegen war hellwach. Die Küche war nicht wiederzuerkennen. Auf der blitzblanken Arbeitsfläche stand nichts mehr rum und die graue Küchenfront strahlte fleckenlos. In den Schränken herrschte Ordnung und der Kühlschrank brummte. Von draußen klatschte der Regen an das frisch geputzte Fenster.
»Colette …« Martha rüttelte sanft an ihrer Schulter. In ihrer Stimme lag jede Menge Fürsorge. »Colette, das hast du wunderbar gemacht und jetzt begib dich aufs Sofa und schlaf erstmal ne Runde.«

Widerspruch gab es nicht, aber auch keine Anstalten, sich vom Küchenstuhl zu erheben. Martha zog sie hoch und dann ging es schlafwandelnd ins Wohnzimmer und kampflos aufs Sofa.

Martha zog die Tür leise hinter sich zu, ging auf Zehenspitzen in Colettes Schlafzimmer und trug auf Zehenspitzen all das in die Küche, was sie an Ausrüstung für ihr Kleinunternehmen eingekauft hatten.

Dann schälte sie die Möhren und rieb sie fein.

Es roch nach Kuchen in der Wohnung, als Colette verschlafen in die Küche kam.

»Oh, meine kleine Backfee, dat ruik ja heerlijk!« Martha knackte mit rotem Kopf Walnüsse. »Was machst du denn schon hier? Du solltest dich ausschlafen!«

»Bin ich, nachdem ich einen Kaffee getrunken habe … vorausgesetzt ich finde hier alles wieder.« Sie öffnete einen der Hängeschränke und machte die Tür sofort wieder zu. »Hier schon mal nicht …«

»Willst du damit sagen, dass du dich in deinem Chaos besser zurechtgefunden hast? Wie konntest du so überhaupt leben!« Die Nuss bröselte aus der Zange. Das war zu viel Druck.

»Das war meine Ordnung, damit kam ich wunderbar zurecht.« Beim zweiten Versuch ging sie auf die Zehenspitzen. »Aha, gefunden!«

»Findest du es so nicht viel schöner?« Martha hackte die Nüsse mit einem Messer in grobe Stücke.

»Schon, aber für mich nicht unbedingt notwendig. War auch eine Zeitfrage, der Imbiss hatte mich komplett in Anspruch genommen. Möchtest du auch einen Kaffee?«

»Aber jetzt hast du Zeit.«

»Ob du einen Kaffee möchtest … für *dich* habe ich Tabula rasa gemacht.«

»Nur für mich?«

»Kaffee?« Colette hielt die Dose in die Luft.

»Ja.«

»Dann wäre das ja schon mal geklärt.«

»Freust du dich nicht auch über deine aufgeräumte Küche? Ist doch wie neu …«

»Ich freue mich, wenn du dich freust. Ich will dir einfach helfen. Und wenn du eine Ordnung brauchst, dann sollst du die auch haben.« Sie wischte das verstreute Kaffeepulver von der Arbeitsplatte in die hohle Hand und warf es in die Spüle. »Jetzt kümmere ich mich um den Rest und du schaust, dass der Möhrenkuchen nicht verbrennt und dieser Haufen Nüsse seiner Bestimmung übergeben wird.« Den Kaffeebecher ließ sie auf dem Tisch stehen.

»Immer alles gleich dahin, wo es hingehört, so hat ein erneutes Chaos erst gar keine Chance.« Martha zeigte auf die Spülmaschine.

Colette grinste. »Mach ich alles nur für dich.«

Und damit sich ihr Einsatz diesbezüglich in Grenzen halten konnte, schleppte sie den Großteil, der ihr Schlafzimmer blockierte, in den Keller. Dort gab es einen Verschlag mit Vorhängeschloss, in dem noch der Schlüssel steckte, weil es bisher noch nie etwas gegeben hatte, das vor fremdem Zugriff geschützt werden musste.

Mit dem Staubsauger kam sie jetzt leicht in alle Ecken und am Abend würde Martha beim Zähneputzen nicht mehr in einen verspritzten Spiegel gucken müssen. Die alte Militärkiste aus dem Flur platzierte sie links vom Sofa. Stauraum. Platz für einen Schrank war nicht. Die Stehlampe mit dem brüchigen Lampenschirm blieb, wo sie war, weil man Ein- und Ausschalten im Liegen erledigen konnte. Zum indischen Teetischchen stellte sie einen Hocker, den sie vor Jahren auf dem Sperrmüll gefunden hatte und nie wirklich wusste, was sie damit anfangen sollte.

»Zum Abendessen bemühen wir den Pizzaservice, ich bin fix und fertig.« Colette setzte sich an den Küchentisch, auf dem zwei Kuchen standen. Der Küche selbst konnte man nicht ansehen, dass hier gebacken worden war.

»Beide Kuchen werden nur besser, wenn sie ein paar Tage rumstehen. Der Möhrenkuchen bekommt noch einen Guss aus Frischkäse, Butter und Puderzucker. Zum Frischkäse rühre ich etwas Mascarpone und zum Abrieb einer Zitrone nehme ich noch Orangenschale.«

»Ich dachte, du magst es nicht, wenn was rumsteht!«

»Hahaha ... Ich hoffe, die Kuchen stehen *nicht* lange rum. War ja deine Idee mit dem Zuhause-Backen.«

»Nun sei doch mal ein bisschen optimistisch! Und jetzt gibt es eine kostenlose Führung durch mein Anwesen im dritten Stock.« Colette stand auf und nahm Martha an die Hand. Der Flur, das Bad, das Schlafzimmer und das Wohnzimmer. Die Sofaecke ließ bei Martha Dankbarkeit sprudeln und ein paar Tränen kullern.

»Und all das nur für mich?« Sie umarmte Colette und hatte keine Zweifel, dass sich so Freundschaft anfühlen musste.

Colette wand sich etwas verlegen und dann sagte sie: »Mir gefällt es auch.«
Martha wünschte sich, dass sie beides damit meinte: die Freundschaft und die Ordnung.

Nachdem sie den Pizzadienst angerufen hatten, saßen sie in der Küche und warteten auf das Klingeln. Es war Colettes Handy, das lautstark vibrierte. Sie schrien gleichzeitig auf.

»Met Maes.« Colette hatte das Smartphone am Ohr und Martha schaute sie erwartungsvoll an.
»Ob wir auch Lachsschnittchen liefern könnten …« Kein aussichtsreicher Moment fürs Geschäft, sie konnten trotzdem nicht aufhören zu lachen.

Die Pizza aßen sie aus dem Karton. *Primavera* und *Vesuvio*. Die Wahl folgte der Symbolik. Aufbruch oder Ausbruch. Beide hofften, dass sich bald etwas bewegen würde.

Nach drei Tagen Warten auf Kundschaft fragte Colette, wann der *point of no return* bei dem Gebäck erreicht sei, und Martha sagte, dass sie immer noch kein Englisch könne.

»Wann fängt der Kuchen an, ungenießbar zu werden, nachdem er tagelang rumstehen darf, um besser zu werden?«

Statt zu antworten holte Martha ein Messer aus der Schublade und schnitt den Möhrenkuchen an.

»*Muss* der jetzt weg oder *kann* der weg?«

»Sag mir einfach, ob er dir schmeckt.«

Der Kuchen schmeckte Colette so gut, dass sie ihn abfotografierte, bevor nichts mehr davon übrig war. Dann legte sie einen halben Nusskuchen und eine Hälfte vom Möhrenkuchen in einen Karton, zog sich ihre Jacke an und verschwand. In zwei Stunden wollte sie wieder zurück sein. Währenddessen drehte sich Marthas dunkelblauer Jogginganzug in der Waschmaschine, sie selbst saß in einer Decke eingewickelt am Küchentisch – das Salz-und- Pfeffer-Kostüm wollte sie auf keinen Fall anziehen – und klickte sich auf Colettes Laptop durch die Welt des Backens. Das Angebot schien unendlich. Eine Christina oder Tanja oder Isabel, es gab so viele Frauen und noch mehr Rezepte. Die Frauen sahen durchweg hübsch und schlank aus und immer wieder war zu lesen, wie glücklich Backen macht. Aber auch fett, dachte Martha und richtete die Decke, in der sie steckte, weil sie sich gelockert hatte. Sie brühte sich einen Tee auf, nahm ein zweites Stück vom Möhrenkuchen und überhörte beinahe das Klingeln, weil die Waschmaschine schleuderte. Es war Colette, die den Schlüssel vergessen hatte.

Ihr Gesicht war rot von der Kälte, die sie spürbar mit in die warme Küche brachte oder war es die Aufregung, denn sie setzte sich mit Jacke und Mütze an den Tisch, zog den Becher mit dem heißen Tee zu sich heran und sagte: »Es hat ihnen allen vorzüglich geschmeckt!«

»Wer sind *alle*?«, fragte Martha.

»Die Schwestern und Ärzte unserer Station im Krankenhaus. Ich habe allen, die im Schwesternzimmer auftauchten, eine Kostprobe gegeben und durfte unser Informationsblatt an das Board heften. Jetzt müssen wir nur abwarten.«

»Wie lange reicht dein Geld fürs *Abwarten*?«

»Machst du dir Sorgen?«

»Momentan wegen Kleidung.« Erst jetzt fiel Colette auf, dass Martha in der fusseligen Wolldecke steckte.

SECONDCHANCE

»Ich frage dich nur wegen deiner mageren Englischkenntnisse: weißt du, was Secondhand ist?« Sie frühstückten vom Nusskuchen zum Kaffee.

»Tag vier und schmeckt immer noch, findest du nicht auch?«

»Wir wollen uns heute um deine Garderobe kümmern, du steckst ja schon wieder im Blauen.«

»Ist aber frisch gewaschen und gebügelt. Und Kleider kosten Geld und davon haben wir nicht allzu viel. Die ersten beiden Kuchen haben wir verschenkt oder selbst aufgegessen. Aber sag doch mal, die vier Tage haben dem Geschmack doch nicht geschadet oder?«

»Nein Martha, schmeckt hervorragend, aber bevor sie uns die Bude einrennen und du nicht mehr aus der Küche kommst, sollten wir zur Oxfam-Boutique.«

»Das klingt teuer.«

»Alles Secondhand. Und nochmal, … weißt du, was Secondhand ist?«

»Gebrauchte Sachen, die verkauft werden. So blöd bin ich auch nicht.«

»Genau. Und da fahren wir jetzt hin.«

Sie nahmen die Straßenbahn. Martha schaute aus dem Fenster und wünschte sich Sonnenlicht. Bei Sonne schauten auch in Günzburg die hässlichen Ecken einladend aus. Martha hatte gerade nichts gegen etwas Manipulation. Sie war noch nie in einem Secondhand-Laden. Bei Oxfam würde die getragene Kleidung gespendet, hatte Colette erklärt. Man gibt doch nur weg, was man selbst gar nicht mehr haben möchte. Und ich muss es dann mögen … Sie versuchte sich vorzustellen, den Mantel der Frau anzuziehen, die ihr gegenübersaß und schaute dann doch lieber wieder nach draußen.

Nach vier Stationen stiegen sie aus. Zum Laden mussten sie noch ein Stück zu Fuß zurücklegen und Martha kam der Kleiderschrank in Günzburg in den Sinn. Sie musste feststellen, dass sich nicht unbedingt Lieblingsstücke darin befanden.

Vielleicht die rote Strickjacke mit dem Lochmuster am Bündchen. Rot stand ihr gut.

Martha fand, dass es schon nach Spende roch, als sie den Laden betraten. Sie wäre gerne wieder die vier Stationen zurückgefahren, aber Colette hatte bereits eine Jeans, eine schwarze Cordhose und eine geblümte Bluse über dem Arm.

»Steh nicht rum wie ein Ölgötze, Martha. Geh doch mal zu den Pullovern und Strickjacken, die sind dort weiter hinten. Und wenn wir genug zusammenhaben, geht es ans Anprobieren.«

Daran mochte sie gar nicht denken und beim Anfassen der Strickwaren wurde sie das Gefühl nicht los, stumpfe Finger zu bekommen. Mit einem beigen Pullover in der Hand wartete sie auf Colette.

»Ist das alles?« Colette suchte nach dem Hinweisschildchen im Innern. »Oh, Kaschmir, nicht schlecht und für zehn Euro.« Dann schob sie Martha zu den Umkleidekabinen. Nur ungern schlüpfte Martha aus ihrem Jogginganzug und dann dachte sie an den BH, den sie nicht mehr ständig mit der Hand durchwaschen wollte. In schwarzer Kordhose und Blümchenbluse zog sie den Vorhang beiseite.

»Na da schau einer an … das sieht super aus! Was meinst du?«

Martha schaute in den Spiegel. Ein Lächeln konnte sie nicht verbergen. Es war wie damals beim Frisör. Eine ganz neue Martha.

»Zieh das Kaschmirteil drüber.«

Martha drehte sich mit prüfendem Blick zur Seite, fuhr mit beiden Händen über den Pullover. »Kann man ja alles vorher einmal durchwaschen.«

Mit zwei vollen Tüten fuhren sie zurück. Noch in der Straßenbahn klingelte Colettes Handy. Schwester Beeke aus dem Krankenhaus. Zwei leicht verdauliche Kuchen fürs Altenheim, ihre Mutter werde neunzig.

Martha rührte einen Mandelkuchen ohne Mehl und ohne Fett und einen Zitronenkuchen mit griechischem Joghurt, während sich die Neuanschaffungen in der Waschmaschine drehten. Weil ein Wäscheständer nicht ausreichte, trocknete der Rest über der Heizung, an der Garderobe, hing über den Küchenstühlen oder in der Dusche.

Sobald etwas trocken war, fing Martha an zu bügeln. Der Dampf zischte aus dem Eisen und mischte sich mit dem Duft von frisch gebackenem Kuchen, der noch immer in der kleinen Wohnung lag, obwohl die Bestellung schon längst im Altenheim war. Martha legte ihre neue, liebevoll gefaltete Garderobe Stück für Stück in die Militärkiste. Ausschließlich Lieblingsstücke! Die hatten eine zweite Chance verdient. Secondchance. Wie sie auch. Im Bad zog sie Colettes nachlässig aufgehängtes Handtuch kommentarlos wieder glatt. Wie jeden Tag.

GELUK

Der zweite Anruf kam von einer berufstätigen Kindergartenmutter mit Hang zu gesunder Ernährung. Fünfunddreißig Muffins aus Dinkelmehl und mit wenig Zucker bitte, die auch schmecken sollten. Martha karamellisierte Walnüsse mit Honig und hob sie unter den knapp gesüßten Teig. Die Mutter war begeistert und trug später diese Begeisterung auch in die Firma. Die meisten Anrufe begannen mit: »Ik vernam …«, man habe gehört.

Martha meinte, dass eine Schürze nicht schlecht wäre, damit ihre neue Garderobe nicht immer vom Mehl eingepudert würde.

Allmählich wurde die Auslieferung, die anfangs noch mit dem Karton unterm Arm per Straßenbahn geklappt hatte, zum Problem. Zur Entlastung wurde ein Einkaufstrolley angeschafft, auf dem sich die Kartons stapelten, und der mit in die Straßenbahn musste – Colette hatte kein Auto.

»*Mond-tot-mond*, sagt man auf Niederländisch. Du siehst, es läuft, ich habe es schon immer gewusst.«

Martha fehlten die Ruhe und die Zeit für einen Kommentar. Sie verarbeitete unermüdlich die von Colette herangeschafften Zutaten, und weil der Backofen im Dauereinsatz war, stellten sie die Heizung ab. Ein Wochenende gab es nicht mehr, dafür immer neue Kunden wegen der Mund-zu-Mund-Propaganda. Martha liebte, was sie tat, und wenn es doch mal zu heftig wurde, dann setzte sie sich in Gedanken ins *Café Impérial*, um sofort wieder zu wissen, wie es sich anfühlte, wenn der Lebensinhalt fehlte.

Dass sie sich so nicht reichbacken würden, war beiden klar. Aber die Blechdose, in der sie das Geld sammelten, füllte sich. Es reichte zum Überleben und mehr wollte Martha gerade auch nicht. Mehr wäre auch gar nicht möglich, mit nur einem Backofen in der kleinen Küche war die Grenze vorgegeben.

Colette ließ Flyer drucken, die sie jeder Lieferung dazulegte. Martha hielt alles, was raus ging, in Schönschrift in einem Notizheft mit Herzmotiv fest. Neben Datum, Stückzahl, Gebäckart auch die besonderen Zutaten, wenn sie der Optimierung dienten.

»Die Backfee führt handschriftlich Buch!«

»Kuchenfee … und du störst mich!«

»Ist am Computer alles viel einfacher. Excel. Kann ich dir zeigen.«

»In manchen Dingen möchte ich einfach altmodisch bleiben. Hat auch was mit Unabhängigkeit zu tun. Vom Strom, von der Technik – und ich kann mein Büchlein überall mit hinnehmen, deinen Laptop nicht.«

»Willst du weg?«

»Nein, ich will nur wissen, wie viele Windbeutel das heute waren?«

»Vierzig.«

Marthas Büchlein füllte sich und so manchen Auftrag mussten sie ablehnen, wenn sie an die Grenzen des Machbaren stießen.

Die langen Arbeitstage mündeten in kurze Feierabende, die sie meist erschöpft, aber zufrieden am Küchentisch verbrachten.

Colette vergaß nicht, Martha ihrem Hausarzt vorzustellen, der sie *inademen* und *uitademen* ließ.

»Alles is prachtig«, sagte der und Martha nahm sich vor, jeden Tag ein neues Wort zu lernen. Das mit der Sprache würde sie auch noch hinbekommen.

Roeren, kneden, suiker, meel, bakoven, eiwitklopper (über den Eiweißklopfer musste sie jedesmal lachen), *weegschaal, zoveel geluk … geluk … geluk … Glück …*

Das *geluk* fand Anfang April ein Ende.

Colette war mit Auslieferungen unterwegs und Martha verzierte gerade eine Schokoladentorte, als es klingelte. Sie schleckte hastig ihre Finger ab und drückte auf die Gegensprechanlage, die schon lange keine einwandfreie Kommunikation mehr zuließ. Dem Rauschen folgte drei Stockwerke später eine Frau im dunkelblauen Kostüm und so groß wie der Eifelturm.

»De Jong, arbeidsinspectie«. Der stumpfe rosafarbene Lippenstift verhieß nichts Gutes. Martha kannte nur unangenehme Frauen, die zu dieser Farbe griffen. Der Größenunterschied verlangte, dass Frau De Jong auf Martha herabschaute. Aber auch so hatte sie etwas Bestimmendes an sich, wie sie da wie selbstverständlich im kleinen Flur stand und die Tür hinter sich zudrückte.

Martha ahnte, dass sie keinen Kuchen kaufen wollte und Angst schnürte ihr die Kehle zu, als diese Amtsperson – diesbezüglich hatte sie keine Zweifel – den Kopf einzog, um die Küche zu inspizieren.

Marthas Vokabular reichte nicht ansatzweise aus, um zu verstehen, was ihr mit Nachdruck mitgeteilt wurde. Es war wohl ihr ratloser Blick, der Frau de Jong endlich fragen ließ, ob sie denn überhaupt Colette Maes sei? Da schüttelte Martha stumm den Kopf.

Die zurückgelassene Visitenkarte lag auf dem mehlstaubigen Tisch und sah gefährlich offiziell aus.

Und das war sie auch. Colette musste antanzen. Sie benutzte das Wort *antanzen*, weil sie überhaupt in letzter Zeit gerne und gutgelaunt durch die Wohnung tanzte. Martha ließ sich oft von ihr anstecken, nur jetzt hatte sie keine Lust mehr auf gute Laune. Sie wollte nicht, dass ihr neues Leben gleich wieder zu Ende ging, und war überhaupt nicht der Meinung, dass man aufhören sollte, wenn es am schönsten ist. Selbst der Sukkulente, die mittlerweile ihren Platz auf der Küchenfensterbank gefunden hatte und unermüdlich neue, dickfleischige Blätter ans Licht schob, hing plötzlich Traurigkeit an. Vielleicht sieht immer alles traurig aus, wenn man in solch einer miesen Stimmung steckt? Dreißig Schokoladenmuffins für einen Kindergeburtstag sollten noch lachende Gesichter aus Zuckerguss bekommen. Das ließ ihr Zustand gerade nicht zu.

Darum kümmerte sich Colette, nachdem sie das mit dem Antanzen hinter sich gebracht hatte. Nicht ein einziger Kuchen dürfe dieses Haus mehr verlassen! Schluss. Vorbei. Ende.

Martha weinte.

»Wir sind noch gut davongekommen! Ich habe die Hand mit dem Fingerstumpf auf den Tisch gelegt und etwas von meinem seelischen Tief vorgeschluchzt. Auch weil vom Imbiss nichts Negatives vorlag, haben sie beide Augen zugedrückt. Die wollen sie aber in Zukunft offenhalten, und es droht eine Geldstrafe, wenn sich unsere Kuchenduftwolken weiterhin derart im Treppenhaus verbreiten. Wer ihnen den Tipp gab, dazu haben sie sich nicht geäußert.«

Colette brachte die lachenden Schokomuffins noch weg und ließ eine todunglückliche Martha auf dem Sofa zurück, das ihr nun schon fast drei

Monate als Schlafstätte diente. Sie schloss die Augen, weil sie hoffte, dass ihr Problem dann kleiner würde, doch hinter ihren Lidern zeichnete sich zunehmend deutlich der runde, dreiflammige Deckenstrahler aus dem Günzburger Schlafzimmer ab. Der verschwand zwar, als sie die Augen wieder öffnete, aber das half wenig wegen der generell schlechten Aussichten. Zurück wollte sie auf keinen Fall und mit einem Mal wurde ihr bewusst, wie sehr Karl in der kurzen Zeit verblasst war. Sie hatte kaum an ihn gedacht! Nur manchmal, wenn sie etwas kochte, das Karl besonders mochte. Jedoch ganz ohne Wehmut. Aber jetzt war er zurück wie der dreiflammige Deckenstrahler. Martha warf sich auf den Bauch und heulte in die Tagesdecke. Colette wird sich kümmern. Auf Colette konnte sie sich verlassen.

Colette kümmerte sich jetzt um Wim. Wim war Musiker, genauer gesagt Liedermacher, der noch auf seinen Weltruhm wartete. Und weil Colette einfach immer jemandem helfen musste und außerdem auch ein bisschen in ihn verliebt war, ließ sie sich das *Mädchen für alles* für die anstehende Tournee durch den Kopf gehen. Nach dem Besuch von Frau de Jong stand ihr Entschluss fest.

»Ich werde den Star aus ihm herausholen, der schon längst in ihm drinsteckt!«

Jetzt konnte sich Martha auch die Tanzerei der letzten Tage erklären. Colette hatte diesen Wim auf einer Hochzeitsfeier kennengelernt, wo er seine Technik aufgebaut hatte, um den schönsten Tag im Leben noch schöner zu machen, aber hauptsächlich wegen des eigenen Lebensunterhalts. Colette hatte die Torte geliefert.

»Jetzt mach mal nicht ein so trauriges Gesicht, ich bin ja nicht von der Welt!«

»Aus der Welt …« Martha unterbrach das Handtieren mit dem Backpinsel aus dem der Zuckerguss tropfte.

»Dann eben *aus* der Welt. Du kannst doch hierbleiben. Ich lasse dir Geld in der Dose und irgendwann bin ich wieder zurück und bis dahin ist mir auch was eingefallen. Das wird schon und wenn ich das sage, wird es auch. Solltest du wissen.«

»*Irgendwann*! Ich kann doch hier nicht rumsitzen bis *irgendwann*. Was weiß ich, wie lange du mit diesem Wim unterwegs sein wirst!« Ungeachtet der Kollateralschäden haute sie den Backpinsel auf den Tisch.

»Kein Grund für Randale!« Colette wischte mit einem Finger die Spritzer von ihrem Pullover und leckte ihn ab.

»Du hast mich zu all dem hier überredet und gerade jetzt, wo wir zusammenhalten müssten, kümmerst du dich um einen Wim! Neben Enrik und mir das dritte Opfer, bei dem du dein Helfersyndrom auslebst!« Sie nahm den Zitronenkuchen und warf ihn in den Müll. »Darf eh das Haus nicht mehr verlassen!«

»Du siehst dich als Opfer? *Ich* opfere mich auf und du bist ein Opfer?!«

»Ich habe dich nicht darum gebeten!«

»Du wärst doch aus dieser Karl-Nummer alleine gar nicht rausgekommen! Du hast es zwar versucht …«

»Ich kenne die Geschichte, die musst du mir nicht nochmal erzählen. Fang doch einfach mal an, dich um dich selbst zu kümmern! Dass du dein eigenes Leben nicht im Griff hast, war mir klar, als ich das erste Mal hier zur Tür reinkam.«

Colette schnappte nach Luft. »Ich fasse es nicht … und mir jeden Tag was von Dankbarkeit erzählen! Mensch, geh doch zurück und sehne dich weiter nach einem Vogelleben!« Colette sprang auf und verließ die Küche.

»Und du häng dein Handtuch im Badezimmer nicht immer so schlampig auf!« brüllte Martha ihr hinterher.

»Das ist mein Badezimmer! Und ich habe kein Helfersyndrom!«, schrie Colette zurück, dann knallte die Haustür.

Auf die Bedrücktheit nach all der Wut musste Martha nicht lange warten. Traurig saß sie am Küchentisch, schaute zum Mülleimer und bereute schon, dass sie so überreagiert hatte. Colette war doch ihre Freundin geworden! Nach Renate aus der Schulzeit hatte sie keine einzige echte Freundin mehr gehabt. Ein paar Mütter, als die Kinder klein waren. Eher Zweckgemeinschaften, gegenseitige Hilfe. Colette half auch. Ganz ohne *gegenseitig*.

Irgendwann …! Ich kann doch nicht hier sitzen und warten. Und worauf? Was will ihr denn noch einfallen? Und mir? Mir fällt nur Günzburg ein.

Mit einem tiefen Seufzer starrte sie auf den Mülleimer, und schließlich stand sie auf, trat auf das Pedal und holte den Zitronenkuchen wieder heraus. Der war in der Mitte durchgebrochen, aber der Guss mittlerweile fest. Sie legte ihn auf ein Brett, schob ihn zusammen und schnitt das Äußere großzügig rundherum ab. Sie hatte noch nie Lebensmittel wegwerfen können.

Als es dunkel wurde, saß Martha immer noch am Tisch, den Blick auf den zusammengeflickten Kastenkuchen gerichtet und in Gedanken beim ersten gemeinsamen Frühstück in der wiederbelebten Küche. Es war Colette, die auf den Lichtschalter drückte, als sie mit einem *Goedenavond!* plötzlich in der Küche stand.

Martha lächelte erleichtert und Colette grinste.
»Der *darf* nicht nur, der *kann* auch nicht mehr aus dem Haus!« Sie zeigte auf den Kuchen. »Sind die Reste denn noch essbar? Ich habe nämlich einen *honger als een bear.*«
»Einen Bärenhunger, nehme ich mal an. Ich auch.«

Zum Kuchen leerten sie eine Flasche Rotwein, die sich, laut Colette, irgendwann mal in diesen Haushalt verirrt haben musste und mittlerweile nur besser geworden sein konnte.

»Bitte keine Sätze mehr mit *irgendwann* ...«, sagte Martha und fühlte sich so herrlich unbekümmert wie damals mit Rasvan, als sie abwechselnd Bier und Korn getrunken hatte.

EIN WIEDERSEHEN

Zwei Tage waren vergangen, seit Colette, einen kleinen Koffer in der einen Hand, die andere schon auf der Klinke, alle getroffenen Absprachen wie ein Mantra heruntergeleiert und die Tür hinter sich zugezogen hatte.

Martha durfte in der Wohnung bleiben, solange sie wollte. In der Blechdose lagen vierhundert Euro, eine Summe, der sich jeder Wunsch unterordnen musste, damit kannte sie sich inzwischen aus.

Aus Erfahrungen lernen. Colette hatte Recht: Sie sollte ihren Ausbruch als Studienreise betrachten.

»Bevor du zu Amsel, Drossel oder Star wirst ... ruf mich an.« Die feste Umarmung sprach dafür, dass sie es ernst meinte.

Günzburg war wohl ohne Alternative. Aber Martha wollte zumindest die Rahmenbedingungen ändern. Die notierte sie in gewohnter Schönschrift auf die letzte Seite vom Büchlein mit dem

Herzmotiv: Ein Smartphone, einen Laptop, ein bisschen eigenes Geld und ein Zimmer, das sie sich als ihr eigenes Reich einrichten wollte.

Platz gab es genug – die drei Kinder waren aus dem Haus – nur Karl war noch drin.

Ob er die ganze Zeit auf mich gewartet hat? Jedenfalls hat er nicht nach mir gesucht. Er hätte im Krankenhaus nachfragen können. Vielleicht hatte er das auch. Vielleicht hatte man ihm keine Auskunft gegeben, oder man hatte sie ihm doch gegeben und er hatte sich es dann aber anders überlegt. Was wird er sagen, wenn ich nach einem Vierteljahr wieder vor der Tür stehe? Es ist Spargelzeit. Wird er akzeptieren, dass ich ihn mal anders zubereite?

Martha schaute aus dem Küchenfenster. Der Baum im Hinterhof verlor allmählich sein gespenstisches Schwarz, seine winzigen Knospen waren zwar nicht zu sehen, sorgten aber doch für Veränderung. Und die Vögel flogen hin und her und erledigten mit großem Eifer, was ihnen die Natur auferlegt hatte.

Natürlich werde ich weiterhin Karls Hemden bügeln. Es wird möglicherweise nicht immer pünktliche Mahlzeiten geben.

Selbstverwirklichung. Martha mochte dieses Wort nicht. Das Gegenteil davon war für sie Scheitern. Das, was dazwischen lag, das wollte sie. Ein eigenes Leben. Und viel mehr Freiheit.

Martha nahm sich eine Abschiedstour durch all die Viertel vor, die ihr in den letzten Monaten etwas von der Welt gezeigt hatten.

Sie fuhr mit der Straßenbahn zum Bahnhof, erkundigte sich dort nach den Zugverbindungen, schaute zum *Radisson blue* hinüber, wo sie irgendwann einmal im Leben eine Nacht verbringen wollte und bog dann links in die *Pelikanstraat* ein. Sie erinnerte sich, dass sie die Juweliergeschäfte hatte zählen wollen, konnte aber nicht mehr verstehen, warum. Wieder links in die *Lange Kievitstraat*, und beim *Ibis Budget* ließ sie die automatische Tür zweimal auf- und zugehen, ohne die Rezeption zu betreten. Das Gesicht am Schalter war neu, dafür war die Kassiererin beim LIDL die alte. Sie dachte an das übergroße Herrenunterhemd, in dem sie noch immer gerne schlief. Im Judenviertel kaufte sie sich in der *Kosher Bakery* ein Hörnchen, um es im Stadtpark mit den Tauben zu teilen.

Die kamen auch gleich angeflogen, als sie sich auf die Bank setzte und mit der Tüte raschelte. Pickten schon vor ihren Füßen herum, obwohl noch kein Krümel gefallen war. Taubendämlich! Die hatten nichts dazugelernt, im Gegensatz zu ihr, die den Hauch von Frühling tief in sich hineinsog und von einem Neuanfang überzeugt war. Fordern statt Winseln. Sie brach ein Stück vom Hörnchen ab und warf es zwischen die Tauben. Die fingen an zu streiten und Martha musste an Karl denken. Dann lehnte sie sich zurück und hielt ihr Gesicht der Sonne entgegen.

Ohne dieses Kindergeschrei wäre sie sicherlich eingeschlafen. Der Kindergarten hatte das schöne Wetter für einen kleinen lärmenden Ausflug zum Spielplatz genutzt. Natürlich wollte sie sich keinesfalls beschweren.

Sie schaute dem Treiben noch eine Weile zu, dachte dabei an ihre eigenen Kinder und die Enkel und nahm sich vor, zwischen den Geburtstags- und Weihnachtspäckchen öfter selbst aufzutauchen. »Sollen die doch kommen!«, auch in dieser Hinsicht würde sie sich Karl in Zukunft widersetzen. Ob die Kinder wussten, dass sie nicht mehr da war? Sie selbst hatte in all den

Monaten nicht angerufen. Wenn Karl sich nicht bei ihnen gemeldet hatte, würde den Kindern ihre Abwesenheit wahrscheinlich gar nicht aufgefallen sein. Es war sowieso meist nur sie, die zum Hörer griff, weil sie nie so lange warten wollte, bis sich einer der Söhne meldete.

Am *Grote Markt* saßen die Menschen in Mänteln und Jacken bei *Koffie met Gebak* im Freien, aber Martha wollte ihren Kuchen im *Café Impérial* essen.

»Chokolademelk met Slagroom«, sagte sie und suchte sich an der Theke ein Stück Erdbeertorte aus. *Aardbeipastei.* Das musste sie sich nicht mehr merken. Oder vielleicht doch, wenn es in der Volkshochschule Günzburg einen Sprachkurs für Niederländisch gäbe. Sie saß am selben Tisch wie beim ersten Mal. Vor dem Spiegel auf dem Kaminsims beugte ein Meer gelber Tulpen ihre schweren Köpfe und das leuchtende Rot ihrer leinenen Tunika, die sie zur blauen Jeans trug, ließ das Rotbraun des Interieurs etwas schmutzig wirken. Da, wo die Tulpen noch Platz ließen, steckten bunte Flyer in einem Plexiglasständer, und weil Martha auch diesmal alleine war, zog sie ein Informationsblatt heraus und übte sich im Lesen.

Bakken wedstrijd. Darunter eine Küchenmaschine in Rot für den *eerster prijs.* Martha steckte die Hochglanz-Info in ihre Handtasche und verlangte die Rechnung.

Weil die Erinnerungstour keine Lücken aufweisen sollte, durfte sie den MediaMarkt nicht auslassen. In der Fernsehabteilung flatterten noch immer die bunten Vögel und tummelten sich Fische in glasklaren Gewässern. Mit der Toilettenfrau und deren Reich verhielt es sich nicht anders. Alles unverändert, bis hin zur Plastiknelke auf dem Tisch mit der Wachstuchdecke. Obwohl Martha keinen Service in Anspruch genommen hatte, legte sie einen Fünfeuroschein auf das Tellerchen mit dem Kleingeld. Sie hörte nur die Spülung, dann ging sie und überlegte, ob sie zur Feier des Tages nicht doch noch den Zoo besuchen sollte.

Die horrenden Eintrittspreise hatte sie nicht vergessen. Sie dann aber nochmals schwarz auf weiß am Kassenhäuschen zu lesen, ließ die Vernunft über die Feiertagslaune siegen.

Stattdessen besuchte sie den Pavillon. Sie kaufte sich einen Kühlschrankmagneten mit einem Elefanten drauf. Martha mochte Elefanten. Trotz der dicken Haut seien es sehr sensible Tiere, darüber hatte eine Doku im Fernsehen berichtet. Also sind Dickhäuter dünnhäutig, dachte Martha, als sie die Dreieuroachtzig in ihrem Portemonnaie zusammensuchte.

Danach ging sie ziellos weiter. Ihr Blick haftete an ihren Füßen, als würde der Kopf von schweren Gedanken nach unten gezogen. Ich habe keine Dummheit gemacht. Karl wird das Gegenteil behaupten. Weil er immer nur von außen draufschaut. Obwohl, rein äußerlich … Martha schaute zufrieden – zumindest ich gefalle mir tausendmal besser! Gut, an der Körperfülle hat sich nichts geändert. Viel Platz für die inneren Werte, das hatte Colette gesagt.

Waren Karl meine inneren Werte je wichtig gewesen? Und welche sind das überhaupt? Fleiß, Disziplin, Zuverlässigkeit? Für ihn Selbstverständlichkeiten. Ein funktionierender Haushalt und zu Waldtrauds Geburtstag *seinen* Lieblingskuchen. Frankfurter Kranz kann ich allerdings wirklich gut!

Sie kickte eine Bierdose vor sich her. Das hatte sie noch nie gemacht. Spargel Crêpes mit Kräuterkruste auch nicht. Martha blieb stehen, nahm mit dem rechten Bein Schwung und die Dose knallte gegen eine Plakatwand. Eine Baumarktwerbung. *Doe Het Zelf.* Genau, Selbermachen.

Zum Kochen hatte sie an diesem Tag allerdings keine Lust, aber Hunger, und der trieb sie in den MacDonald-Laden, aus dem sie vor drei Monaten rausgeworfen worden war. Ihr Besuch hatte keine nostalgischen Gründe, sie kam nur gerade daran vorbei.

Mit ihrer Bestellnummer in der Hand wartete sie in der Schlange. Vor ihr alberten zwei Jugendliche, die sich gleichzeitig nach etwas bückten. Nur kurz sah sie das Brandloch im Schulterbereich des hellbraunen Wollmantels, dann tauchten die Jugendlichen wieder auf. Karls Mantel! Jetzt meckerten die Jugendlichen, weil sie sich vordrängte.

»Rasvan?«, sie ließ das R rollen, wie man es in Rumänien tat. Der drehte sich erschrocken um. Martha hätte gerne etwas Wiedersehensfreude in seinem Gesicht entdeckt. Rasvan schüttelte ratlos den Kopf. Mit beiden Händen schob sich Martha die Haare nach oben.

»Ich bin's. Martha!«

»Was machst du?« Rasvan sah sich nervös um.

»Ich warte auf meinen Hamburger.«

Rasvans Nummer blinkte auf. Er ging zur Theke und Martha folgte ihm.

»Lass uns zusammen an einem Tisch sitzen, ich freue mich so, dich zu sehen! Such schon mal einen aus, ich bin gleich da.«

»Du alleine?« Sein Blick war immer noch nervös.

»Ich alleine. Ganz alleine.« Dann blinkte ihre Nummer auf, und kurz darauf saßen sie einander gegenüber. Rasvan steckte sich Fritten in den Mund, knabberte geräuschvoll Hähnchenflügel und trank Bier. Mit dem Reden musste Martha anfangen, und weil es so viel zu erzählen gab, holte sich Rasvan noch ein Bier. Martha brachte er auch eins mit.

»Schmeckt gud.«

Die lachte gerührt. Trank, ohne dass es ihr schmeckte, aber das spielte gerade keine Rolle.

Dass Karl seinen Mercedes wiederhatte, die Frau aber noch fehlte, fand Rasvan lustig, und er hustete beim Lachen. Dann zog er die Zigaretten aus der Tasche und deutete mit der Packung zur Tür. Während er draußen rauchte, holte sich Martha einen Kaffee und für Rasvan ein weiteres Bier.

»Jetzt erzähl du mal. Was machst *du* hier in Antwerpen?« Sie zeigte auf das Bier und Rasvan nickte anerkennend.

»Du weißt, nix fragen.« Den Becher schien er gar nicht mehr absetzen zu wollen.

»Nun komm schon, *ich* hab dir auch alles ... na fast alles erzählt.«

Rasvan wischte sich mit dem Handrücken den Schaum vom Mund. »Geschäfte.«

»Was für Geschäfte? Diamanten?« Martha kicherte in ihren Kaffeebecher. »Hier werden viele Geschäfte mit Diamanten gemacht. Gleich hier um die Ecke. Ich wollte die Läden zählen. Brauch ich jetzt aber nicht mehr.«

»Warum nicht mehr?«

»Du nix fragen.« Wieder musste sie lachen. »Ach quatsch ... ich gehe nach Hause zu Karl und zum Mercedes zurück. Übermorgen oder überübermorgen ... Ich kann nicht warten, bis Colette wiederkommt und ihr dann was einfällt.

Und was sollte ihr auch schon einfallen, ich kann doch nur backen.« Sie kramte in ihrer Handtasche nach dem Flyer. »Ist ein Backwettbewerb. Der Gewinner bekommt eine Küchenmaschine.«

Rasvans Handy klingelte. Er drehte sich weg, was nicht nötig gewesen wäre, denn Martha sprach auch kein Rumänisch.

Dann stand er auf, wegen der Geschäfte, wie er sagte. Bevor er ging, klopfte er auf den Flyer.

»Erste Preis für dich. Frrrrankefurter Krrrranz gud.« Marthas neue Frisur, die fand er auch *gud*.

FRANKFURTER KRANZ

»Mach doch!«, hatte Rasvan gesagt. Martha klappte Colettes Laptop auf und schrieb ihr eine E-Mail, weil ihr Niederländisch nicht ausreichte und sie Hilfe brauchte. Die fand den Aufruf zum Backwettbewerb tatsächlich auch im Internet. Die Übersetzung kam postwendend und Martha erfuhr obendrein, dass Wim am Abend seinen ersten Auftritt haben würde. In einem Zweitausendfünfhundertseelenort. Karriere stellte sich Martha anders vor, jetzt dachte sie aber erst einmal an die eigene und schrieb einen Einkaufszettel. Sie wollte tatsächlich mit ihrem Frankfurter Kranz ins Rennen gehen. Wollte ihn besonders gut machen. Ihr persönlicher Abschied, bevor sie hier ihre Sachen packen würde.

Für den Krokant nahm sie zu den Mandeln noch eine Handvoll Walnüsse. In den Teig rührte sie dreihundert Gramm Butter, für die Creme kamen noch zweihundertfünfzig Gramm dazu. An die Kalorien mochte sie lieber nicht denken.

Die Eier einzeln und für jedes eine Minute mit dem Handmixer auf höchster Stufe. Einen Schuss Rum, Zitronenschale und mit der Prise Salz war sie generell gerne großzügig. Den Pudding für die Creme machte sie selbst und mit echter Vanille, aus gefrorenen Sauerkirschen kochte sie eine Art Konfitüre. Am Abend stand das Prachtstück auf dem Küchentisch. Colette erklärte ihr, wie sie mit dem Laptop ein Foto machen konnte. Probieren wollte sie ihn erst am nächsten Tag. Auch ein Frankfurter Kranz braucht Ruhe für den optimalen Geschmack.

Zutaten, Zubereitung. Martha tippte alles ein. Colette würde übersetzen und weiterleiten. Zusammen mit der Günzburger Adresse. Denn da würde man Martha in Zukunft wieder erreichen.

Zum Frühstück und zu Mittag gab es ausschließlich vom Wettbewerbskuchen. Martha fand, dass er preisverdächtig schmeckte, bekam aber zum Abendessen keinen Krümel mehr davon runter.

Lustlos begann sie zu packen. Stück für Stück wanderte die neue Martha aus der grauen Militärkiste in den Trolley, den Colette ihr überlassen hatte, dazu jede Menge Wehmut, sie in Günzburg wieder auspacken zu müssen.

Ganz zuletzt nahm sie das Salz-und-Pfeffer-Kostüm aus der Kiste. Das durfte dableiben, das hatte sie ein für alle Mal abgelegt. Zuerst dachte sie an die Mülltonne, doch dann fiel ihr Oxfam ein, und dass der Laden auch eine Lösung für den angeschnittenen Frankfurter Kranz wäre.

Sie nahm die Straßenbahn und lieferte beides bei den ehrenamtlichen Helferinnen ab. Über den Kuchen freuten sie sich besonders, den würden sie am Gemeinwohl vorbei unter sich aufteilen. Das Kostüm bekam einen Platz bei den Übergrößen. Secondchance.

GÜNZBURG

Ein bisschen wie ein Gewinner wollte sie sich fühlen. Das nahm sich Martha fest vor, als sie vor der Haustür stand. Sie drehte sich kurz weg, versuchte ihre Atmung wieder unter Kontrolle zu bringen und schaute auf die Narzissen, die sich im Vorgarten durch eine dicke Laubschicht gebohrt hatten. Das meiste Laub kam von den Bäumen gegenüber, in denen sie die Vögel von ihrem Küchenfenster aus ein- und ausfliegen sehen konnte. *Vorgarten säubern*, notierte sie in ihrem Kopf und ärgerte sich über das schnelle Ankommen, obwohl sie das Haus noch nicht mal betreten hatte. Dann klingelte sie.

Es dauerte, bis sie Schritte hören konnte. Martha hatte bewusst den Sonntag gewählt, da verbrachte Karl den Nachmittag im Sessel und schaute Sport. Auch, weil danach die Woche wieder anfing, der Wecker um sechsuhrdreißig klingelte und Karl gegen halb acht aus dem Haus ging. Das könnte sich als günstig erweisen.

Es war ein wortloser Moment, einer, der nicht enden wollte, dann aber doch noch ein Ende fand.

»Darf ich reinkommen?«

Karl trat stumm zur Seite, und Martha schob sich an ihm vorbei. Dass gelüftet werden müsste, war nur ein kurzer Gedanke. Gleich zur Sache kommen, nicht lange zögern, das hatte sie sich vorgenommen.

»Wir müssen reden!« sagte sie und stellte das Gepäck ab.

»Worüber?« fragte Karl, der noch immer mit dem Rücken an der geöffneten Tür stand. »Du bist doch diejenige, die einfach grundlos weggegangen ist, du wirst *erklären* müssen.« Seiner Stimme fehlte das Überlegene, und er schloss die Tür, als dürfe niemand geweckt werden. Martha fühlte sich ein bisschen wie zu Besuch, als sie ihren Mantel an die Garderobe hängte.

»Wir müssen über die Gründe reden, Karl. *Grundlos* war das alles nicht.«

Sie gingen ins Wohnzimmer, in dem gerade ein Autorennen stattzufinden schien, und erst als Martha Karl bat, den Fernseher auszumachen, konnte man das Ticken der Standuhr wieder hören. Die tickte noch eine ganze Weile und die Monotonie eines funktionierenden Uhrwerks steigerte die Sprachlosigkeit ins Unerträgliche. Zumindest für Martha.

»Setzen wir uns doch.«

Sie nahmen die gewohnten Plätze ein – Martha auf dem Sofa und Karl im Fernsehsessel, was einen Blickkontakt verhinderte und erst hergestellt wurde, als Martha aufstand und den Sessel etwas nach links drehte.

»Wie geht es dir?« Marthas Stimme klang wie bei einem Arztbesuch.

»Mittwochs kommt eine Putzfrau und die Hemden bringe ich in die Reinigung. Deine Haare sind jetzt noch kürzer …«

»Ist praktischer so und es gefällt mir.« Sie konnte sich nicht erinnern, dass das Ticken der Uhr jemals so laut gewesen war.

»Was mir *nicht* gefällt, darüber möchte ich reden.«

»Das fällt dir jetzt nach achtunddreißig Jahren ein?«

»Ich habe es achtunddreißig Jahre lang ausgehalten.«

»Was musstest du aushalten? War doch alles da.« In Karls Stimme richtete sich langsam wieder Autorität ein.

Martha überlegte, ob Weiterreden Sinn machte und ob sie überhaupt in der Lage war, die richtigen Worte zu finden, solche, die auch überzeugen würden. Fordern! Das hatte sie sich doch vorgenommen. Einfach fordern, ohne Wieso und Warum, ohne offenzulegen, was in ihrem Innern vor sich ging. Sie musste einfach nur verlangen, was sie in ihrem Notizbuch aufgeschrieben hatte, dann würde Karl ihr die ersehnten Freiheiten, für die er bisher kein Verständnis gehabt hatte, gewähren müssen.

»Was bezahlst du der Putzfrau? Und die Rechnung für die Reinigung, wie hoch ist die?«

Karl hatte die exakten Zahlen in seinem Buchhalterkopf. Er nannte sie ohne zu zögern und nicht ohne Stolz.

»Aber jetzt bin ich wieder da. Ich kümmere mich um den Haushalt und bügele deine Hemden. Das Geld kannst du gleich mir geben, dann bleibt es in der Familie.«

»Ich soll meine eigene Frau …«

»Und kochen werde ich auch weiterhin. Was hast du überhaupt gegessen?«

»Mittags in der Kantine, Frühstück und Abendbrot ... worüber reden wir hier eigentlich!?« Jetzt war er wieder ganz der Alte.

»Dass ich ein Smartphone brauche und einen Laptop.«

Die Sache mit dem eigenen Reich erledigte sich dann diskussionslos. Eine stillschweigende Übereinkunft. Sie nahm das Zimmer von Ingo. Es war das größte und hellste.

Seit seinem Auszug hatten sich hier noch zwei Koffer, ein Hometrainer, ein Luftbefeuchter, ein Teleskop (ein Geschenk der Kinder für Karl zum 60., der sich allerdings nie für das Universum interessiert hatte) vier Microfaserdecken und ein zusammengerollter Teppich zu den Erinnerungen gesellt. An den Schranktüren aus hellem Holz pappten noch etliche Reste von Aufklebern, die Ingo peinlich geworden waren, als seine Stimme eine Oktave nach unten rutschte. Die Modellflugzeuge von Faller, die er akribisch und mit viel Ausdauer zusammengeklebt und bemalt hatte, standen verstaubt auf einem Regal neben einigen Was-Ist-Was-Bänden. Auch sie würde hier Akribie und Ausdauer investieren, und sie freute sich auf die Arbeit, die vor ihr lag.

Karl tat so, als würde diese Räumerei gar nicht stattfinden. Er schaute später nicht einmal rein in das Zimmer mit den lindgrünen Wänden und den Vorhängen, auf denen sich abstrakte Blattmotive drängten, beschwerte sich lediglich über den Geruch von frischer Farbe.

Weil sie es als ihre Pflicht ansah, kümmerte sich Martha wieder um das Frühstück, das sie wie immer in der Küche einnahmen. Karl verschwand achtunddreißigjähriger Gewohnheit gemäß hinter der Zeitung, Gespräche blieben aus, für Unterhaltung sorgte das Radio. Martha vermisste nichts und wollte mit ihren Forderungen auch nicht drängen. Sie setzte auf Karls Bequemlichkeit – die auch für eine achtunddreißigjährige Ehe maßgebend war – und dass er sich die irgendwann etwas kosten lassen würde.

Als Smartphone bekam sie an einem Wochenende Karls preiswertes Übergangshandy – er hatte immer damit gerechnet, sein altes wieder zurückzubekommen. Aber das lag nun irgendwo am Rande der A 6. Als er Martha Handhabung und Funktionen erklärte, fühlte sich das beinahe schon wie ein Gespräch an, was bislang noch immer nicht stattgefunden hatte. Martha hörte aufmerksam zu und bat um Geduld, wenn sie Notizen im Herzmotivheftchen machen musste, denn so viel auf einmal konnte sie beim besten Willen nicht im Kopf behalten.

Das eigentliche Gespräch aber ließ noch immer auf sich warten, da waren die Narzissen schon verblüht und der Vorgarten vom alten Laub befreit.

Vielleicht lag es daran, dass alles wieder seinen gewohnten Gang ging – die Hemden rochen nicht mehr nach Reinigung, die häusliche Ordnung wurde von keiner Putzfrau mehr auf den Kopf gestellt und im Kühlschrank lagerten Lebensmittel, ohne dass Karl nach Feierabend an der Supermarktkasse hatte anstehen müssen. Jedenfalls saßen sie an einem verregneten Samstagnachmittag vor Karls Computer und schauten sich Laptops an. Martha die Bilder, Karl die Preise. Dreihundertneunzehn, das fand Karl in Ordnung. Martha dann auch, einfach so. Sie kannte sich ja auch gar nicht aus.

So landete das Notebook im *Einkaufswagen,* bevor es zur *Kasse* ging. Karl zog seine VISA-Karte aus der Brieftasche und gab die Daten ein.

»So eine hätte ich auch gerne.«, sagte Martha. Die Werbemelodie kreiselte in ihrem Kopf: *VISA – die Freiheit nehm ich mir.*

»Martha, jetzt ist aber genug!«

Vielen Dank für Ihre Bestellung! Konnte sie noch auf dem Bildschirm lesen, dann wurde er schwarz.

CHRISTOPH

Im Vorgarten trug der Rhododendron schwer an seiner Blütenpracht, da war der EDV-Kurs für Anfänger an der Volkshochschule schon abgelaufen. Im Herbst solle sie wiederkommen, aber das dauerte Martha zu lange. Karl wollte sie nicht um Hilfe bitten, der blieb weiterhin wortkarg, schien aber ansonsten zufrieden. Daran wollte sie nicht rütteln, einer ›Zusammenarbeit‹ mit möglicherweise unerwünschten Diskussionen galt es aus dem Weg zu gehen.

Im Supermarkt machte sie den handgeschriebenen Zettel mit zwei Reißzwecken am Korkbrett fest.

Möchte meinen Computer richtig kennenlernen, suche geduldigen Beistand.

Zwölfmal ihre Telefonnummer zum Abreißen, und nach vier Tagen der erste Anruf. Ob man sich nicht zusammentun könne, er wolle nicht nur seinen Computer besser kennenlernen. Er sei Rentner und ungebunden.

Beim nächsten Einkauf konnte sie feststellen, dass schon mehr als die Hälfte der Nummern verschwunden war und die Ignoranz derjenigen, die das mit dem Anrufen offensichtlich nicht ernst genommen hatten, ärgerte sie.

Der Ärger verlagerte sich auf einen hochgeschossenen Jugendlichen mit Wollmütze und Rucksack, der sich einfach über ihren Kopf hinweg am Brett zu schaffen machte. Er nahm jeweils eine Pinnnadel von zwei Aushängen und heftete seinen Zettel so an, dass von Marthas Text nur noch - *Möchte mein ... digen Beistand* – zu lesen war.

SCHLAGZEUGLEHRER GESUCHT

Große Buchstaben. Ausgedruckt. Die Telefonnummern vertikal wie Teppichfransen.

Die beiden Aushänge, denen nun der Halt an einer Ecke fehlte, verdeckten weitere Gesuche oder Verkäufe. Den eigenen Zettel lüftete er kurz und riss eine von Marthas Telefonnummern ab.

»So geht das aber nicht!« Martha klang wütend.

»Ey, was geht ...« Die Nummer verschwand in der Gesäßtasche.

»Sich hier so rücksichtslos breit zu machen!«

»Chill mal dein Leben, Oma!«

»Die Oma wird dir die Leviten lesen, wenn du sie anrufst!«

»Steht bestimmt auf meiner Liste.« Er lachte in einer Stimmlage, die noch nicht richtig angekommen schien, sah dabei aber keineswegs unsympathisch aus.

»Nein, auf dem Schnipsel, den du eingesteckt hast. Das ist meine Nummer.« Ihre Stimme klang schon weniger wütend.

»Oh shit … dann hat sich das mit dem Anruf wohl gecleared?« Er kratzte sich verlegen an der Mütze und grinste.

»Stimmt. Wir können nämlich gleich direkt ins Gespräch kommen.«

»Nämlich …?«

»Wie alt bist du denn?«

Martha hatte Schwierigkeiten, das Alter von Jugendlichen einzuschätzen. So, wie sie auch mit den Kleidergrößen bei den Enkeln nicht mehr zurechtkam.

»Sechzehn. Werde im Dezember siebzehn.«

»Und du kennst dich mit Computern aus?«

Wenn er sich so gut auskannte, wie er gerade lachte, dann wollte sie auch nicht weiter fragen.

»Also ich kenne mich ein bisschen aus«, sagte Martha. »Habe gerade einen neuen Laptop bekommen, aber mit dem klappt noch gar nichts.«

»Ist der denn schon eingerichtet?«

»Das weiß ich gar nicht …«

Der Junge grinste wieder. »Wann sollen wir denn anfangen? Wenn Sie überhaupt möchten.«

»Oh, natürlich möchte ich! Wie heißt du überhaupt? Ich darf doch Du sagen …«

»Das tun Sie doch schon die ganze Zeit. Ich heiße Christoph. Chris ist auch ok.«

»Du gehst sicherlich noch zur Schule. Wie schaut es an den Nachmittagen aus?« Martha suchte in ihrer Handtasche nach Stift und Papier.

»Dienstag oder Donnerstag wäre gut.«

»Ginge auch Dienstag *und* Donnerstag?«

»Machbar.«

»Dann kannst du auch den Schlagzeuglehrer bezahlen.« Jetzt grinste Martha. »Fünfzehn Euro die Stunde, ist das ok?«

»Passt.«

Sie gab ihm die Adresse und schaute ihm hinterher. Die Jeans würde sie ihm auch noch weiter nach oben ziehen. Dann sorgte sie wieder für

Ordnung auf dem Korkbrett. Ihren Zettel knüllte sie zusammen und steckte ihn in die Tasche.

FAMILIENBESUCH

Bei Frikadellen und grünen Bohnen zum Abendessen schlug Martha vor, am Wochenende Alexander und die Enkel zu besuchen. Vielleicht könnte sogar Markus dazukommen, der wohnte ja quasi um die Ecke.

»Hast du ihnen von deinem *Ausflug* erzählt?« Karl fischte sich mit der Gabel eine Frikadelle aus der Pfanne.

»Nein, habe ich nicht. Hast du mit ihnen gesprochen?«

»Nein. Es hat ja keiner angerufen. Sind noch Bohnen da?«

»Kann ich anrufen und fragen, ob es ihnen recht ist, dass wir kommen?« Martha holte den Topf mit den Bohnen vom Herd.

»Wie lange hast du vor zu bleiben?«

»Ich dachte zum Mittagessen da sein und nach dem Kaffeetrinken wieder gehen. Oder gegen Abend.«

»Nach dem Kaffee.«

Martha backte einen Zitronenkuchen, einen Plunderkranz und einen Schokoladenkuchen den sie für die Enkelkinder mit Smarties verzierte. Eine bessere Oma wollte sie auch werden.

Der Sonntag passte allen, das Wetter passte auch. Alexander und Markus kümmerten sich um den Grill. Karl stand daneben und gab Ratschläge. Caroline und Franziska hatten Salate gemacht und deckten draußen den Tisch. Martha las der kleinen Luisa ein Buch vor, die geweint hatte, weil Florian und Janek sie nicht mitspielen lassen wollten. Fußball sei nichts für Mädchen. Da wollte Martha schon widersprechen, ließ es dann aber. Alles lief so selbstverständlich, als würde man jedes Wochenende gemeinsam grillen.

Luisa wollte nur noch auf Omas Schoß sitzen. Auch beim Essen. Martha steckte ihre Nase in ihre blonden Locken und bedauerte, dass der zarte Duft vom Bratgeruch überlagert wurde, als Markus mit dem gegrillten Fleisch die Runde machte. Während die Schüsseln mit den Salaten über den Tisch wanderten, überboten sich die beiden Grillmeister mit gegenseitigem Lob.

Martha lobte die Salate. Die hatten das allemal verdient.

Markus erzählte von seinem Ärger mit dem Vermieter. Dann wurden die Vor- und Nachteile eines Eigenheims diskutiert. Caroline und Franziska stöhnten über die Nachbarn.

Niemand erkundigte sich danach, wie Karl und Martha mit ihrem Leben zurechtkamen. Martha erzählte schließlich ungefragt von ihrem neuen Laptop und von Christoph, der ihr bei diesem neuen Problem helfen würde.

»Ich habe so viel Fragen.« Sie lachte und küsste Luisa auf die Locken. »Und wenn ich skypen kann, bekommt ihr von mir was zu hören *und* zu sehen!«

Janek und Florian meinten, skypen sei *baby* und sie könnten das schon. Darüber lachten alle, auch Karl.

Später half sie Caroline und Franziska beim Abwasch in der Küche. Die erzählten von den Kindern, von Florians Angst vor der Schule und dass er im Kindergarten bleiben wollte, von Luisas Milchallergie und von Janeks Wunsch, Fußballer zu werden.

Später im Auto sagte sie zu Karl, dass sie regelmäßiger zu den Kindern fahren sollten. Auch zu Ingo.

»Das ist die doppelte Strecke.«

»Ich möchte einfach mehr Nähe.«

KIRSCHEN

Den Laptop einrichten … jetzt wusste Martha, was das heißt. Nur das Passwort für den WLAN-Zugang hatte sie nicht.

»Klebt vielleicht unter dem Router.« Nachdem sie den gefunden hatten, wusste Martha auch, was ein Router ist. Half aber nicht weiter, sie musste Karl anrufen.

»Und lass den Typen ja nicht aus den Augen! Schlagzeuger …«

Martha nannte ihn Christoph. Chris mochte sie nicht. Sie stellte ihm immer ein Stück Kuchen und einen Becher Kaffee hin. Am Anfang war das mit der Geduld nicht so, wie Martha sich das wünschte. Die wuchs, als sie ihm vorrechnete, dass er mehr Geld verdiene, wenn alles etwas langsamer ginge. Und weil er den Kuchen immer *echt krass* fand, hatte er auch nichts dagegen.

Wenn Christoph ging, übte Martha das Gelernte und trug es in ihr Notizbuch ein. Tauchten Probleme auf, wurden die ebenfalls festgehalten.

Das waren dann die Fragen für das nächste Mal. Es gab noch immer neue Fragen, da wurden im Garten schon die Kirschen reif. Daraus kochte Martha Marmelade, fror sie entkernt in Portionen ein und backte Kirschkuchen in vielen Variationen. Es war ein Kirschenjahr und es reichte nicht aus, die Nachbarn damit zu beglücken oder Christoph welche mitzugeben, um sie loszuwerden. Im Netz stieß sie auf Rosmarinkirschen, Balsamico-Kirsch-Gnocchi und schließlich auf *Betty backt bildschön,* einen YouTube-Beitrag. Betty war hübsch, jung und schlank, trug zu den schwarzen Zöpfen einen Blumenkranz im Haar und eine Schürze mit Rüschen. Sie entsteinte Kirschen und erzählte vom Biskuit, den man hinter ihr durchs erleuchtete Backofenfenster dabei beobachten konnte, wie er seine Farbe änderte. Als Betty die Kirschen mit Kirschwasser tränkte, klingelte es an der Haustür.

Martha, die sich an keine Bestellung erinnern konnte, wunderte sich über das Paket. Sie hatte keine Zeit, sich um den Absender zu kümmern, weil auch Paketboten keine Zeit haben. Die wollen schnell eine Unterschrift und sich über

Trinkgeld freuen. Von Martha gab es beides und obendrein noch eine Tüte mit Kirschen.

Das Paket war schwer. Sie stellte es im Flur ab und schloss die Haustür. Es kam aus Antwerpen, sah aber nicht so aus, als hätte Colette ihr etwas hinterhergeschickt. Mit einem kleinen Küchenmesser fuhr sie durch die breiten Klebestreifen. *Gefeliciteerd* stand auf der Karte, die obenauf lag und die sie gleich beiseiteschob, weil sie schon die Abbildung einer roten Küchenmaschine auf dem Karton entdeckt hatte. Alles in ihr war in Aufruhr, sie flatterte erst und schwebte dann und musste sich überzeugen, dass sie mit den Füßen immer noch auf den senfgelben Fliesen im Flur stand.

Der erste Preis! Martha Müller gewinnt eine Küchenmaschine der Extraklasse! Und genauso fühlte sie sich gerade. *Extraklasse.*

Es klingelte wieder. Christoph! Den hatte sie ganz vergessen! Und in ihrer unverhofften Glückseligkeit, der sie gerne den ganzen Nachmittag geschenkt hätte, kam er nun gerade irgendwie ungelegen. Aber wegschicken wollte sie ihn nicht.

»Hallo Martha« – irgendwann hatte sie ihm das Du angeboten.

»Hallo Christoph, hereinspaziert!«

Doch so einfach war das nicht. Er kam weder an dem großen schweren Karton noch an der kleinen runden Martha vorbei.

»Der erste Preis.« Sie zeigte auf das Paket.

»Wofür?«

»Fürs Backen.«

»Den hättest du von mir auch gekriegt. Glückwunsch!« Christoph tippte anerkennend auf ihre Schulter.

Sie gingen ins Wohnzimmer, wo sich Betty weiterhin auf dem Bildschirm zu schaffen machte. Mittlerweile backte sie Zimtschnecken. Ihre Schürze hatte eine andere Farbe und keine Rüschen mehr.

»Solltest du auch machen. Wenn du gut bist, gibt das fett Kohle.« Christoph klopfte mit den Fingern Takte auf die Tischplatte und wippte mit dem linken Fuß. Er hatte einen Schlagzeuglehrer gefunden.

»Ich bin nicht hübsch genug und zu dick.« Sie schaute auf Betty, die mit einem warmen Lächeln das Blech mit den Zimtschnecken in den Ofen schob und die Schürze abband.

»Hübsch und dünn sind sie alle. Ich sage nur: *Alleinstellungsmerkmal.*« Für den Trommelwirbel nahm er beide Hände.

»Wie macht man solche kleinen Filme, die man sich dann im Internet ansehen kann?«

»Du erwartest wohl nicht, dass ich dir das in einer Stunde erkläre?«

»Könntest du es denn?«

»Aber nicht in einer Stunde. Schau im Internet, da gibt es jede Menge Infos.«

Das tat Martha dann auch, nachdem Christoph ihr an diesem Nachmittag beigebracht hatte, Fotos von ihrem Smartphone auf den PC zu laden. Sie versank im schier unendlichen Angebot, vergaß sogar das Paket im Flur und auch das Abendessen.

Über das fehlende Abendessen verlor Karl mehr Worte als über den ersten Preis. So viel hatte er schon lange nicht mehr mit ihr gesprochen, aber Martha hörte gar nicht zu. Sie ging in die Küche und schlug, jeden Handgriff kommentierend, die letzten Eier in die Pfanne.

Martha macht's

Das wäre kein schlechter Titel.

Karl tunkte sein Brot in den kugeligen Dotter und rührte gereizt darin herum. »Das sollte eine Ausnahme gewesen sein!«

Den Kirschkuchen mit den Marzipanstreuseln zum Nachtisch wollte er nicht mehr. Er habe genug von Kirschen und überhaupt.

Martha aß zwei große Stücke. Wegen des Alleinstellungsmerkmals. Damit könnte sie ja schon mal anfangen.

Karl verschwand im Sessel vor dem Fernseher und Martha in der Küche. Sie packte ihren Gewinn aus. *Süßkirschenrot.* Immer wieder fuhr sie mit der Hand über die glatte, glänzende Oberfläche und schaute dabei auf die Bäume gegenüber, in deren dichtem Laub die Vögel in der Dämmerung für Unruhe sorgten. Die funktionierten einfach, ohne nachdenken zu müssen. Martha dachte gerade sehr viel nach.

TELEFONATE

Zu Ingo wollte Karl erstmal nicht fahren. Er könne nicht jedes Wochenende unterwegs sein. Er habe auch noch ein anderes Leben. Darin spielte Martha keine große Rolle, zumindest was das Zwischenmenschliche anging.

Sie wählte Ingos Nummer. Tobias nahm ab.

»Hallo?«

»Tobias, bist du das? Ich bin's, die Oma. Wie geht es dir?«

»Mama! Die Oma ist am Telefon.« Das schrie er direkt in den Hörer.

Im Hintergrund hörte sie Karins Stimme: »Welche Oma?«

»Die dicke.«

Pause.

»Hallo Martha, wie schön, von dir zu hören!« Das klang nach Wiedergutmachung.

Martha erzählte von der Kirschschwemme und von Ingos ehemaligem Kinderzimmer, das jetzt lindgrüne Wände hatte. Sie erwähnte den Besuch bei Alexander und Markus am vergangenen Wochenende, und dass sie auch gerne mal wieder nach Ettlingen kommen würde. Man habe sich ja so lange nicht gesehen.

»Ist Ingo denn zu Hause?«

Ingo schien nicht nur die Stimme, sondern auch die Einsilbigkeit von Karl geerbt zu haben. Will er wirklich wissen, wie es mir geht?

»Und wenn ich skypen kann, dann melde ich mich wieder. Mit Bild.«

»Ja, mach das.«

Als die Küche nach dem Abendessen wieder aufgeräumt war, schaute sie nachdenklich aus dem Fenster. Dabei tätschelte sie die Küchenmaschine wie einen jungen Hund und drückte ihr anschließend einen Kuss auf die glänzende Oberfläche. Sie würde Colette anrufen. Christoph sollte ihr WhatsApp einrichten. Der kam Dienstag.

Auf die richtige Höhe ziehen wollte Martha Christophs Jeans inzwischen nicht mehr. Sie wollte nur wissen, warum sie immer so tief sitzen musste.

»Ist cool.«

Damit gab sie sich zufrieden. Den Umgang mit WhatsApp hatte sie schnell begriffen. Sie schickte den Kindern umgehend ein Selfie und warnte vor nachfolgenden Skype-Anrufen. Dass sie wusste, dass die Mosel in den Rhein fließt, war eine Sache. Der Umgang mit der Kommunikationstechnik eine andere. Martha war stolz auf sich.

Für Colette nahm sie sich Zeit. Sie lag im lindgrünen Zimmer auf dem Bett und schaute zur Decke, wo noch immer eine nackte Birne am Kabel hing. Das würde wohl auch so bleiben.

Zum dunkel gelockten Profilfoto kam die wohlbekannte Stimme und Martha wähnte sich auf dem abgenutzten Sofa in der kleinen Antwerpener Wohnung inmitten einer Wolke aus wohligem Kuchenduft.

Colette räumte neuerdings in einem Supermarkt Regale ein.

»Und was ist mit Wim?«, fragte Martha.

»Das hat sich erledigt.«

»Weil er jetzt ein Star ist?«

»Ein *Looser* ist er. Aber lassen wir das. Wie läuft es denn bei dir?«

Martha zählte alles auf, was gut lief. Den ersten Preis erwähnte sie zuletzt. Colettes Jubelschreie taten im Ohr weh.

»Und Karl? Wie läuft es mit dem?«

»Das einzig gemeinsame sind Mahlzeiten.«

»Das ist *verdomt* wenig.«

Die Idee mit den YouTube-Videos fand sie wiederum genial. *Martha macht's.* Die kam gar nicht mehr zu Wort. Aus Colette sprudelten die Pläne wie aus einem Geysir.

»Martha doet het!«

»Du weißt doch, dass ich kein Niederländisch kann!«

»Das wird, glaub mir! Du kommst wieder nach Antwerpen. Ich miete ein Auto und hole dich ab.«

Und Martha wollte es glauben.

Süßkirschenrot tippte sie unter das Foto von der Küchenmaschine und drückte auf *Senden*.

AUFBRUCH

Zwei Nächte lang nahm Martha ihre Entscheidung mit ins Bett. Sie hätte jetzt noch Wochen darüber schlafen können – sie blieb dabei.

Karl ließ den Blick nicht vom Fernseher, als sie ihm verkündete, dass sie nach Antwerpen zurückgehen werde. Er beugte sich im Sessel nur etwas nach vorne und drehte den Kopf leicht in Marthas Richtung, die mit geschlossenen Knien aufrecht auf der Sofakante saß.

»Diesmal ohne Rückfahrschein«, sagte er mit überraschend ruhiger Stimme und widmete sich wieder dem Abendprogramm.

Als hätte er darauf gewartet, dachte Martha und fühlte sich ein bisschen irritiert, weil es so einfach war. Sie hatte mit einer lautstarken Auseinandersetzung gerechnet, hatte sich schon Argumente zurechtgelegt, hatte Mut für Widerstand gesammelt und an die letzten Zentimeter vom Maßband gedacht. In die Erleichterung mischte sich eine Spur Enttäuschung. Ein bisschen Kampf hätte ihr gutgetan, zumindest hätte sie das Gefühl gehabt, Karl in achtunddreißig Ehejahren nicht nur gleichgültig gewesen zu sein.

Bevor sie an diesem Abend das Licht löschte, googelte sie noch nach Wilhelm I. am Deutschen Eck in Koblenz. Aufrecht auf dem Pferd sitzend. Der war noch nicht aus ihrem Kopf. Sie las vom Widerstand gegen die Rekonstruktion des Standbildes, der sich dann aber auflöste, weil sich das mit dem Mahnmal für die Deutsche Einheit nach der Wiedervereinigung erledigt hatte. Seit neunzehnhundertdreiundneunzig saß er also anstelle der Deutschlandfahne wieder hoch zu Ross und Martha dachte: So ist das eben, wenn etwas keinen Sinn mehr macht, dann ist Veränderung angebracht.

Am Montagmorgen parkte Colette den Mietwagen vor dem Haus in Günzburg, genau zur rechten Zeit. Nicht zu früh, aber auch nicht zu spät. Karl sollte aus dem Haus sein und die Rückfahrt im Hellen stattfinden.

Sie fielen sich in die Arme, als sei eine der beiden aus einem Krieg zurückgekehrt.

Martha hatte nicht viel Gepäck. Ein Koffer mit Kleidung und neben der gewichtigen kirschroten Küchenmaschine – die verdiente auch eine bessere Zukunft – wollte sie auf ein paar Fotos von den Kindern und Enkelkindern nicht verzichten. Das Poesiealbum aus der Schulzeit fiel ihr noch ein, ihr Stück Leben vor Karl. *In allen vier Ecken soll Glück für dich stecken.*

Die Kinder wollte sie von Antwerpen aus informieren.

Martha blickte noch einmal zurück – keine Wehmut, kein Bedauern.

Kurzentschlossen schaute sie wieder nach vorne und erklärte Colette, welchen Weg sie nehmen sollte.

Antwerpen empfing sie mit Wärme – das Thermometer zeigte trotz später Stunde noch hochsommerliche Temperaturen an – und mit viel Grün. Wie ausgewechselt schien die Stadt, und selbst der Blick in den Hinterhof hatte seine Tristesse verloren. Das rote Samtsofa erwartete sie mit ordentlich gestapeltem Bettzeug, der Deckel der leeren Militärkiste stand erwartungsvoll offen und die mittlerweile üppige Sukkulente belegte den kleinen Hocker. In der Küche herrschte Ordnung und im Badezimmer hingen die Handtücher faltenfrei über dem Trockenständer. Colette meinte es offensichtlich ernst.

»Wir streichen die Küchenwand in einem knalligen Grün, deine Haare färben wir rot und ich stelle mir einen strubbeligen Kurzhaarschnitt vor.« Colette hatte wie immer ihre Arme um die angezogenen Beine gelegt und wackelte mit dem Fingerstumpf. Aus den Kaffeebechern dampfte es. Sie saßen am Küchentisch.
»Ich stelle mir was ganz anderes vor.«
»Nein, Martha, glaube mir, das wird richtig gut … das Outfit muss genauso kunterbunt sein wie dein stotterndes Niederländisch. Das wird lustig. Alles andere gibt es tausendfach. Wir müssen machen, was es noch nicht gibt.«
Martha legte Brötchen und Messer auf den Teller zurück und hielt den Kopf gesenkt. Die Aufbruchstimmung schien für einen Moment wie eingefroren. Selbst von Colette war kein Wort mehr zu hören.
»Ich will endlich ich sein.« Martha schaute auf. »Ich habe fast mein ganzes Leben damit ver-

bracht, Rollen zu erfüllen, wie es von mir erwartet wurde. Jetzt ist Schluss! *Martha macht's,* und ich bin Martha! Und ich werde auf Deutsch erklären, wie man meine Kuchen backt. Dass man die Filmchen von überall in der Welt aus einstellen kann, weiß ich mittlerweile auch. Ich bin nicht blöd!«

Colette schwieg und nahm die Füße vom Stuhl.

»Das Grün an der Wand, das darf ruhig ordentlich knallen.« Martha hatte Brötchen und Messer wieder in der Hand und lächelte.

Bei den Kindern meldete sie sich mit einer Mail.

Lieber Ingo, lieber Markus, lieber Alexander,

ich weiß gar nicht wie und auch nicht, wo ich anfangen soll. Am besten damit:
Ich habe Papa verlassen.
Eigentlich hatte ich ihn schon Ende Januar verlassen, genau genommen wurde ich aus meinem Leben mit Papa entführt (das kann ich euch später mal erzählen). Ich war unglücklich, aber das habe ich lange nicht wirklich wahrgenommen.

Jedenfalls landete ich in Antwerpen (längere Geschichte ...), dort habe ich eine junge Frau kennengelernt und wir haben zusammen ein ›Geschäft‹ aufgemacht. Ich habe bei ihr zu Hause für andere Leute gebacken. Wir sind nicht reich geworden, das war auch nie mein Ziel, aber ich war glücklich. Unser ›Geschäft‹ war allerdings illegal und wir mussten die Sache nach fast drei Monaten von einem Tag auf den anderen beenden.
Ich bin dann wieder zu Papa nach Günzburg zurück.
Und jetzt bin ich wieder in Antwerpen. Ich musste weg, es ging nicht anders.
Ich möchte aus meinem Leben noch etwas machen. Von meinen neuen Plänen berichte ich euch, wenn es etwas zu berichten gibt, also, sobald erste Ergebnisse vorliegen.
Ich liebe euch alle drei, und auch wenn sich gerade viel ändert ... das wird immer so bleiben!
Eure Mama

Ingos Antwort kam postwendend. Er hatte nur einen Link geschickt. *Ich brauch deine Liebe nicht* von Herbert Grönemeyer.

Das Lied hörte sich Martha immer wieder an, und Colette musste die knallige Farbe im Alleingang an die Wand bringen.

MARTHA MACHT'S

Das Orange der Schürze leuchtete vor einem grellen Grün im Hintergrund. Über Marthas Busen reihten sich die Buchstaben zu *Martha macht's* auf.

Colette hatte sich eine gebrauchte Spiegelreflexkamera gekauft, mit der man auch filmen konnte. Allerdings musste sie ganz schnell feststellen, dass der Besitz von Technik allein nicht ausreichte, man musste sie auch beherrschen können. Und während sie sich stundenlang damit beschäftigte und dabei ausschließlich auf Niederländisch fluchte, übte Martha ganz ohne Zutaten ihren Auftritt zu einem Hefe-Nusszopf. Colette meinte, dass ihre Präsentation eher etwas von einem Vortrag für Taubstumme habe.

»Aber ich rede doch!«

»Es liegt irgendwie an den fehlenden Zutaten, das schaut so pantomimisch aus. Und vielleicht höre ich auch gar nicht mehr zu, weil mir der

Text schon auf die Nerven geht. *Krümeln Sie die Hefe in ein höheres Gefäß …*«

»Und ich muss deine Flucherei ertragen. *Shit verdomme* verstehe ich durchaus. Ich bin genauso genervt!«

»Die Wand muss wieder weiß. Das sieht scheiße aus!«

»Ach neee … da kann ich ja nur froh sein, dass ich mir die Haare nicht rot gefärbt habe!«

Diesmal war es Martha, die die neue Farbe über das Grün rollte und Colette stellte sich den technischen Herausforderungen. Das förderte eine unverzichtbar friedvolle Zusammenarbeit. Die Küche fügte sich kampflos ein und war als solche auch kaum noch zu erkennen.

Der Tisch stand quer vor der frisch geweißten Wand, davor ein Bügelbrett, auf dem sich Bücher stapelten, auf denen die Kamera in der erforderlichen Höhe thronte. Von der Decke baumelte ein Mikrofon und links und rechts der ›Bühne‹ schirmten zwei auf selbstgezimmerten Dachlattenrahmen gespannte Bettlaken das grelle Licht der beiden Baulampen ab. Die Stehlampe aus der

Sofaecke sorgte für die Beleuchtung des Arbeitsplatzes, war aber permanent im Weg.

Für den Testlauf wählte Martha einen einfachen Rührkuchen. Die virtuellen Zutaten warf sie mit Begleittext in die laufende Küchenmaschine. Hefe wollte sie auch Colette zuliebe auf keinen Fall mehr in ein höheres Gefäß krümeln.

»Wir sollten doch die Küchenzeile als Hintergrund nehmen. Die Wand ist so steril. Du siehst aus, als stündest du in einem Chemielabor.« Colette schaute sich das unbefriedigende Ergebnis mehrfach auf dem Display der Kamera an.

»In Chemie hatte ich eine Fünf«, sagte Martha gedankenverloren und band die Schürze ab.

»Willst du jetzt das Handtuch schmeißen?«

»Werfen. Nein, ich will nur die Schürze schonen.«

Diskussionslos bauten sie alles um.

Die graue Küchenfront machte sich tatsächlich viel besser als Hintergrund und sie profitierten vom Licht, das vom Fenster kam.

Zwei Tage später stand Martha mit frischgeföhnter Frisur und rot geschminkten Lippen hinter dem Küchentisch, auf dem sich in etlichen

Glasschalen die abgewogenen Zutaten aufreihten. Text und Handgriffe saßen, die Kamera lief, das Fenster blieb wegen der Straßengeräusche geschlossen.

Der abgekühlte Hefe-Nuss-Zopf diente der Verpflegung, dem folgte zwei Tage später ein gedeckter Apfelkuchen und von der Mohn-Kirsch-Rolle ging nur noch die Hälfte, dann riefen sie den Pizzadienst an.

Bevor die fertig geschnittenen Videos hochgeladen wurden, kam Post von Markus. Ob sie sich das alles gut überlegt habe? Einen Vorwurf konnte Martha nicht herauslesen und darüber war sie schon froh.

Die Videos lösten weniger Begeisterung aus. Martha fand, dass sie noch dicker aussah, als sie ohnehin schon war. Das musste sich ändern. Der dazugehörige eiserne Wille ließ sich in ihrem Gesicht ablesen. Colettes Probleme lagen ganz woanders: Sie wollte bessere Videos machen. Mit der gleichen Besessenheit, mit der sie anderen ihre Hilfe aufdrängte, arbeitete sie sich in die Materie ein.

»Das Vorschaubild ist superwichtig, quasi die Eintrittskarte. Das muss neugierig machen. Und ist die Neugierde erst mal geweckt, dann wird auch geklickt.«

Martha leistete keinen Widerstand, als Colette von ihr verlangte, sich mit angezogenen Beinen auf den Küchentisch zu setzten und so zu tun, als lehne sie mit dem Rücken an der Küchenmaschine. Das wurde dann auch das Foto für den Aufmacher. *Martha macht's.* Der Schriftzug unterhalb der Tischplatte und Martha obendrauf. Und dann gingen sie an Werk.

Die abgedrehte Käse-Sahne-Torte brachten sie ins Krankenhaus, wo man sich immer noch an sie erinnerte. Auch im Kindergarten weigerte man sich nicht, das Bananenbrot anzunehmen. Die Nachbarin von obendrüber allerdings schloss die knapp geöffnete Tür wieder und ließ die beiden mit den Donauwellen auf dem Teller im Treppenhaus stehen.

»Erfolg habe ich mir anders vorgestellt«, zischte Martha, griff nach einer Donauwelle und stopfte sie sich in den Mund.

Der Erfolg ließ zähe Wochen lang auf sich warten, und Colette meinte, dass man ihm in den Arsch treten müsse, um ihn zum Laufen zu bringen.

»Und wo willst du hintreten?« Martha stand am Herd und achtete darauf, dass die Bratkartoffeln nicht zu dunkel wurden. Bratkartoffeln ohne Speck und Spiegeleier. Das Geld wurde knapp.

Den Tritt bekam die Küchentür, die mit einem Knall zuflog und Martha alleine am Herd zurückließ. Die deckte den Tisch, die Plätze nebeneinander mit Blick auf die Küchenfront. Noch hatte keine der beiden vorgeschlagen, alles abzubauen, lediglich die Stehlampe befand sich wieder in der Sofaecke.

Martha rief zum Essen, hatte aber keine Lust, auf Colette zu warten, die die Kartoffeln später lustlos und kalt aß und dabei mit der Gabel auf die kirschrote Küchenmaschine klopfte.

»Lass das, die bekommt Kratzer!« Martha drückte Colettes Arm weg.

»Der erste Preis. Welches Café hatte damals zum Wettbewerb aufgerufen?«

»Den Flyer hatte ich aus dem Imperial.«

»Dort werden wir am Nachmittag einen Kaffee trinken!«

KLICK

Das Imperial hatte nichts mit dem Backwettbewerb zu tun, man wusste aber, wer dahintersteckte. Dort waren die Verantwortlichen von Marthas Odyssee so beeindruckt, dass ein paar Tage später ein kleines Team mit Kamera im selbstgebastelten Küchenstudio auftauchte. Das war weitaus mehr, als Colette erwartet hatte. Martha sollte ihren Frankfurter Kranz backen. Die Küchenmaschine spielte dabei die Hauptrolle. Für die Nebenrolle wurde Martha reichlich entlohnt.

Der Werbespot lief häufig im Fernsehen. Darin sprach Martha perfekt Niederländisch und manchmal sogar Französisch. Sie musste jedes Mal lachen, wenn sie die fremde Stimme aus ihrem Mund hörte.
»Das müsste man auch im Deutschen Fernsehen zeigen«, sagte Martha. »Dann würde man

sich vielleicht auch meine Back-Videos anschauen.«

»Wir sollten erst einmal investieren und die Qualität der Videos verbessern. Du hast ja bei den Werbeaufnahmen gesehen, was die richtige Technik bewirken kann. Ein bisschen Geld hätten wir ja jetzt«, sagte Colette. Martha hatte nichts dagegen. Bügelbrett und Bücherstapel verschwanden. Zwei Softboxen ersetzten die Baulampen und mit dem neuen Stativ war das Filmen sogar von oben möglich.

Colette wollte nicht mehr nur rumprobieren, sie wollte ganz genau wissen, was sie tun musste, damit wirklich zufriedenstellende Ergebnisse dabei herauskamen. Sie fand einen Profi, der auch zu Hausbesuchen bereit war. Joost kam täglich. Er sah aus wie ein Künstler und Colette sagte, dass er auch einer sei. Martha musste immer mal wieder im Rampenlicht stehen, damit Ton und Beleuchtung einstudiert werden konnten. Beim Schneiden und Bearbeiten am Computer saßen die beiden bis in die Nacht hinein zusammen. Martha befürchtete schon, dass dieser Joost das nächste Opfer von Colettes Hilfsbereitschaft werden könnte. Oder sogar noch weitaus mehr!

Aber diese Sorge schien unberechtigt. Colette ging es wirklich nur um die Sache. Martha spürte die neue Energie, die von ihrer Freundin ausging und die endlich mal ihren eigenen Bedürfnissen folgte. Und sie musste zugeben, dass die Resultate Wirkung zeigten.

Sie brauchte Christoph nicht zweimal zu fragen, ob er *Martha macht's* auf die Sprünge helfen könnte. Der freute sich richtig, dass seine ehemalige Schülerin an ihn dachte. Ein Videoanruf. Seine Haare waren kürzer, dafür wuchs so etwas wie ein Bart im Gesicht. Christoph fand *total krass* und *megacool*, was die beiden angeschoben hatten.

»Deine Kuchen, die vermisse ich *absolutely*! Ich werde meine Mutter zwangsverpflichten, eure Videos anzuschauen und die anderen Hunderttausende, die euch folgen sollen, fange ich auch noch ein. Das geht nach vorne. Oky-Doky!« Das Werbevideo aus Belgien nannte er ein *geiles Tool*.

Martha hielt das Smartphone in eine andere Richtung. Sie wollte nicht, dass er sah, wie gerührt sie war.

»Ich hau dann mal rein, viral in alle Netzwerke, damit ihr was zu spüren kriegt!«

.

Eine Woche später spürten sie schon was. Von einem Ansturm konnte aber noch keine Rede sein.

»Du musst deinen Frankfurter Kranz backen und dabei die Entführungsgeschichte erzählen.«

»Vor laufender Kamera?«

»Ja, wo denn sonst? Beim Altenkaffee auf einem Flussdampfer?«

Die Idee mit dem Altenkaffee fand Martha gar nicht so schlecht wegen der nachlassenden Aufmerksamkeit der Zuhörer. Da könnte sie sich Fehler erlauben.

Die wollte Colette gar nicht erst zulassen. Und deswegen setzten sie sich zusammen und tippten den Text in den Laptop. Aus Rasvan machten sie Andruscha. Martha wollte keine Spuren hinterlassen, aber sie brauchten das R, das sie zum Rollen bringen musste.

»Das ist so viel Text, und zum Frankfurter Kranz muss ich ja auch noch was sagen und ihn vor allen Dingen zusammenrühren.«

Martha kam schließlich auf die Idee, eine Fortsetzungsgeschichte daraus zu machen. Zu jedem Kapitel ein neuer Kuchen. Colette war begeistert, meinte, das hätte auch von ihr kommen können. Kam es aber nicht. Martha grinste stolz.

Sie übte vor dem Spiegel und ärgerte sich, dass man von dem halben Kilo Gewichtsverlust nichts sehen konnte.

Bei der Premiere brachte sie schon ein Kilo weniger auf die Waage. Zumindest ein spürbarer Erfolg. Die Hose zwickte nicht mehr am Bund. Dafür hatte sie Lampenfieber.

»Entspann dich! Was nicht hinhaut, wird rausgeschnitten. Du glaubst ja gar nicht, was alles möglich ist! Eine Wunderwaffe.«

Die kam anfangs häufig zum Einsatz, weil Martha ständig *Andruschka* statt *Andruscha* sagte. Den Teig hatte sie dabei fast zu Tode gerührt.

Jede Woche gab es eine neue Folge.
Pflaumenkuchen mit Mohn. Schoko-Birnentarte mit Wallnuss-Crumble. Gedeckter

Quitten-Ingwer-Kuchen. Trauben-Käse-Sahne. Bananenbrot mit Nüssen und Rosinen. Apfelstrudel mit Butterstreuseln. Und zwischen Zutaten und Zubereitung erzählte Martha vom Bahnhof in Antwerpen, vom Hotel und dem *Café Impérial*, von der Freiheit, der die Aufgabe fehlte, von Chinatown und ihrem Gang zum Frisör, vom Husten, der immer schlimmer wurde, vom schwindenden Guthaben, von der Kälte und der Verzweiflung, vom Fietsenstalling, vom Krankenhaus und Colette und von den vielen Kuchen, die die kleine Wohnung im dritten Stock verließen.

Die Klicks nahmen rasant zu und Martha nahm weiter ab. Zwei Kilo und dreihundertfünfzig Gramm. Von *purzeln* konnte keine Rede sein, aber Martha blieb dran, mit der gleichen Energie, mit der sie ihre Kuchen rührte.

Den Kindern schickte sie den Link zur ersten Folge.

Colette schob eine Fertigpizza in den noch warmen Ofen.
»Junkfood!«

»Ich dachte, du sprichst kein Englisch?«

»Ich sage nur Transfette und erhöhtes Krebsrisiko.« Martha schnitt Fenchel in dünne Streifen. »Seitdem du nur noch Salat und Knäckebrot isst, bekomme ich ja nichts Gescheites auf den Teller. Ich wäre schon gar nicht mehr da, wenn ich mich deiner Verpflegung anschließen würde.«

An diesem Abend vergaß Martha sogar ihren Salat zu essen. Von Alexander war Post im Mailkasten.

Hallo Mama,
das mit Papa musste ich erst mal verdauen. Franziska kann dich verstehen. Ich jetzt auch ein bisschen. Papa tut mir trotzdem leid. Ich habe ihn angerufen. Er sagte, dass es ihm gut geht. Will ich mal glauben.
Ich habe ihm nichts von deinem YouTube-Kanal erzählt. Er scheint nicht zu wissen, was du machst. Das überlasse ich dir, ob du ihn informieren willst oder nicht.
Ich musste lachen, als ich dich sah. Nicht ›auslachen‹, versteh das nicht falsch. Ich fand dich einfach witzig in der Rolle. So kenne ich dich gar nicht. Gefällt mir. Janek ist dein größter Fan. Wann immer einer von uns am PC sitzt, will er die Oma sehen.

Jetzt weiß ich auch Bescheid über deinen ersten ›Ausbruch‹. Wir bleiben dran. Solltest du auch. Ich find's gut.
Alexander

Obwohl Martha vor lauter Freude sündigte und sich zwei Gläser Wein gönnte, waren es am Morgen schon drei Kilo weniger auf der Waage. Sie seifte ihren Körper mittlerweile mit viel mehr Aufmerksamkeit ein, und Colette fragte, wann diese Ein-Mann-Oper-Aufführung endlich zu Ende wäre, sie wolle auch noch unter die Dusche.

»Eine *Ein-Frau-Oper!*«, unterbrach Martha ihren Gesang und schob grinsend den Vorhang ein Stück zur Seite.

Nach dem Apfelstrudel rührte sie einen Kürbiskuchen. Sie nahm alles, was der Herbst im Oktober zu bieten hatte und dachte an Februar und den Möhrenkuchen, den ersten, den sie bei Colette gebacken hatte. Im Januar hatte alles angefangen. Es schien Martha, als sei in den vergangenen zehn Monaten mehr passiert, als in den zurückliegenden Ehejahren mit Karl.

Das Glück ist ein Vogel. So schnell es aufsitzt, so schnell fliegt es wieder davon. Den Spruch hatte sie vor Jahren aus einem Kalender herausgerissen und aufgehoben, auch, weil sie es mit den Vögeln so hatte. Und er half, keine falschen Erwartungen zu hegen. Momentan schien das Glück allerdings festzusitzen.

Die Zahlen der laufenden Klicks ratterten in einem konstanten Rhythmus. Martha und Colette saßen wie gelähmt vor dem Laptop. Die Freude machte sich zeitverzögert, dafür heftig und vor allem lautstark Luft.

Für tausend Klicks gab es einen Euro. Hinter den zweihundertsiebzig erwirtschafteten Euro standen zweihundertsiebzigtausend Klicks. Das klang viel, reichte aber nicht. Colette räumte wieder Regale im Supermarkt ein. Halbtags.

EIN ANRUF

Martha empfand das Alleinsein an den Vormittagen wie Freizeit, obwohl sie zum Ausgleich den kompletten Haushalt übernommen hatte. Putzen, Wäsche, Einkauf, Kochen. Sie tat nichts anderes als in Günzburg, und trotzdem war es anders.

Colette verließ täglich – außer an den Sonntagen – gegen 6.30 Uhr das Haus. Sobald die Tür ins Schloss fiel, turnte Martha nach einer YouTube-Anleitung gegen ihr Bauchfett an. Eine frustrierende Angelegenheit, zumal diese durchtrainierte Sandra in der Regel wenig anhatte und das Wenige so eng anlag, dass Martha bezweifelte, ob Sandra überhaupt wusste, was Bauchfett ist.
Regelmäßig zehn Minuten und du bekommst dein Fett weg.

Das Turnen reihte sich ein wie das Zähneputzen. Danach gab es ein Gläschen Joghurt mit frischen Früchten, eine Scheibe Knäckebrot mit einem Hauch Honig und ungezuckerten Tee. Der

Gang auf die Waage war nicht immer von Erfolg gekrönt, Enttäuschung blieb jedoch chancenlos, dafür sorgte ein neues Lebensgefühl. Dazu gehörte auch der Lippenstift in einem kräftigen Rot, ohne den sie nie zum Einkaufen ging. Das Treppensteigen mit den schweren Einkaufstaschen betrachtete sie als Zusatz-Training und an dem Tag, als sie das Klingeln des Telefons schon im zweiten Stock hören konnte, nahm sie sogar zwei Stufen auf einmal. Die Taschen ließ sie aus den Händen fallen, bevor sie den Schlüssel ins Schloss steckte, und obwohl es geregnet hatte, zog sie die Schuhe nicht aus. Sie stürzte in den kleinen Flur, riss den Hörer vom Apparat und atmete erleichtert auf. Sie hasste es, um einen einzigen Klingelton zu spät zu sein.

»Guten Tag, mein Name ist Birgit Oberdiek von der Redaktion ›Hafenrunde‹, spreche ich mit Frau Martha Müller?«

Martha war noch immer etwas außer Atem. *Oberdiek* und *Redaktion* spülten ihr umgehend Frau de Jong von der *arbeidsinspectie* ins Gedächtnis, und auch wenn sie es sich gerade nicht leisten konnte, hielt sie die Luft an.

»Hallo?«

Martha gab ein verhaltenes Ja von sich.

»Also spreche ich mit Martha Müller?«

»Ja.«

»Martha macht's. Neben Ihren Kuchenrezepten finden wir Ihre persönliche Geschichte sehr spannend. Wir würden Sie gerne in unserer Talkshow zu Gast haben. Mitte November. Wäre das für Sie machbar?«

Nach diesem Gespräch war Marthas Atmung völlig aus dem Rhythmus geraten.

»Das können wir nicht ablehnen, Martha!« Colette lief vor dem roten Sofa auf und ab, blieb dabei immer wieder vor Martha stehen und packte sie bei den Schultern. »Jetzt mach dir mal nicht in die Hose, du hast doch Kamera-Erfahrung!«

»Deine kleine Spiegelreflex! Und ohne Publikum. Das kann man doch nicht vergleichen! Und dann sitzen da immer so berühmte Leute, die gescheit daherreden können. Ich bin weder berühmt, noch gescheit … und außerdem immer noch zu dick.«

»Jetzt fang nicht wieder damit an! Im Übrigen hast du schon über vier Kilo abgenommen und das sieht man und das steht dir wunderbar! Denk an die Klicks, die Leute wollen dich sehen. Von wegen *nicht berühmt*! Du hast jede Menge Fans. Soll ich mal nachschauen, wie die aktuellen Zahlen ausschauen?«

»Nicht hinter jedem Klick steckt ein Fan.«

Colette zog Martha hinter sich her. Für sie gab es Grund genug zu feiern. Weiße Tischdecken, gestärkte Servietten, den Besten von der Weinkarte und beinahe drei Stunden zwischen Antipasti und Dolci. Auf die zweite Flasche mit dem Rest vom hervorragenden Roten ließen sie sich einen Korken machen und den Grappa des Hauses kippten sie synchron.

Ohne Zähneputzen schlief Martha schnell ein und wachte am Morgen mit einem schlechten Geschmack im Mund viel zu früh auf. Ihr erster Gedanke beschäftigte sich mit der Talkshow. Gestern beim Italiener hatte sie ihrem Auftritt noch recht gelassen entgegengesehen. Heute Morgen wollte sie lieber sterben, auch wegen ihrer miserablen körperlichen Verfassung.

Colette ließ das nicht zu. Dafür hasste und liebte Martha sie gleichzeitig. Martha wusste, dass sie meistens zu ihrem Glück gezwungen werden musste, nur stellte sie sich Glück gerade ganz anders vor.

Nach der zweiten Talk-Sendung aus der Mediathek wollte sie komplett aussteigen. Keine weiteren *Studien*, wie Colette es nannte, keine neuen YouTube-Videos, keine neuen Rezepte austüfteln, und auf die Klicks könne sie sehr gerne verzichten. Sie trank den Rest vom Rotwein direkt aus der Flasche und schloss sich im Badezimmer ein.

Das insgeheim erwartete Klopfen und Rütteln an der Tür blieb aus. Nicht ein Wort der Umstimmung drang zu ihr. Das alles wäre erträglicher gewesen als diese bedrückende Stille.

Martha saß auf dem Toilettendeckel und lauschte, während ihr Blick im Badezimmer umherwanderte. Die rechte Seite der Ablage über dem Waschbecken gehörte ihr. Zahnbecher, Zahnpasta, Tagescreme, Deostift. Colette hatte ihr Platz gemacht in ihrem Bad und in ihrem Leben. Und das Handtuch hing ordentlich da, wo es hingehörte. Sie stand auf und fuhr mit ihrer Hand über die raue Frotteestruktur. Mal mit dem Strich, mal gegen den Strich. Immer wieder. Bis sie sich abrupt umdrehte, die Tür aufschloss und geradewegs in die Küche ging.

»Der zwölfte ist ein Freitag. Also in drei Wochen. Kannst du im Kalender eintragen.«

Colette saß am Küchentisch und sah Martha ungläubig an.

»Worauf wartest du?!«

Colette sprang auf, umarmte Martha und küsste sie immer wieder auf die Stirn.

»Das feiern wir heute!«

»Da muss ich mich verweigern!« Zwei Aspirin schäumten im Wasserglas.

HAMBURG

Martha hatte sich viermal umgezogen, um sich dann doch für die erste Kombination zu entscheiden. Die Bluse mit den Streublümchen und das dunkelgrüne ärmellose Kleid aus Wollwalk.
Das kam dann in den Koffer. Zusätzlich eine *Notgarnitur*, wie Colette betonte. Über die Kleiderfrage sollte sie sich keine Gedanken mehr machen müssen, wenn sie erst in Hamburg wären.

Dort hätte Martha den Koffer am liebsten gar nicht ausgepackt.
Am frühen Nachmittag gab es ein Vorgespräch mit der Moderatorin. Martha erkannte sie sofort. Sie sah leibhaftig noch schlanker aus als im Fernsehen. Mit bewusst ruhiger Stimme und einem ermutigenden Lächeln im Gesicht erklärte sie Martha, dass sie sich nur auf das konzentrieren solle, was sie könne, nämlich backen. Die Fragen stelle sie und Martha müsse nur antworten. Der

abschließende Blick ins Studio mit den sieben Sesseln, jeder Menge Technik und den leeren Zuschauerplätzen, ließ von der gerade gewonnenen Selbstsicherheit nichts mehr übrig.

Zwei Schauspieler, eine Dermatologin, ein Fernsehkoch, ein Comedian und ein Apfelbauer standen neben ihr auf der Liste. Martha hatte allen hinterhergegoogelt, nur über den Apfelbauern konnte sie nichts herausfinden. Sie wünschte sich, neben ihm zu sitzen.

Rune Böckenstedt war sein Name, und Martha saß ihm in der Runde gegenüber. Enttäuschung ließ die momentane Anspannung nicht zu, sie schätzte sich aber glücklich, ihn anschauen zu können, wenn sie wollte. Rune Böckenstedt strahlte eine wohltuende Ruhe aus und sicherlich hatte er seine Äpfel genauso gut im Griff wie Martha ihre Kuchen. Warum sie sich gerade jetzt fragte, wer wohl seinen Pullover mit dem Norwegermuster gestrickt hatte, konnte sie sich gar nicht erklären.

Die Talkshow begann mit dem jungen Schauspieler, der links von Martha saß. Sie konnte den Schweiß sehen, der ihm über die Schläfen rann.

Ein Schauspieler, dachte sie, der sollte doch von Berufs wegen gelassener sein. Sie selbst schwitzte nicht, die Aufregung machte sich bei ihr innerlich bemerkbar, wo es in Schüben klopfte und rauschte. Sie vergaß, auf den Monitor vor ihrem Platz zu achten, auf dem jetzt ein kurzer Ausschnitt zur Serie lief, in der der Jungschauspieler die Hauptrolle innehatte. Stattdessen starrte sie Rune Böckenstedt an, dessen frische Gesichtsfarbe tatsächlich an Äpfel erinnerte. Er war nicht schlank, aber groß, die grauen Haare licht und die grünen Augen wach. Die waren ebenfalls nicht auf den Monitor gerichtet, er schaute Martha an und schickte ein Lächeln. Martha senkte verlegen den Blick und sah den nunmehr erleichterten Jungschauspieler applausumtost aus ihrem Bildschirm strahlen.

Der Fernsehkoch bekam schon Beifall, da hatte der noch gar nichts gesagt. Seine folgenden Worte drangen nur dumpf wie in Watte zu ihr durch. Martha würde die Nächste sein. Colette saß hinter ihr im Publikum. Auch sie trug ein kleines Mikrofon am Ausschnitt ihrer knallgelben Bluse. Der Kloß in ihrem Hals schien unaufhörlich zu wachsen. Sie klatschte mechanisch mit, als alle klatschten und nickte sinnlos, als dem Koch versichert wurde, dass er jederzeit wiederkommen dürfe.

Jederzeit! Martha dachte sofort an *niemals* und verspürte den dringenden Wunsch, alles zurückzudrehen, als die Moderatorin mit souveräner Stimme verkündete: »*Martha macht's*.«

Zum Kloß im Hals gab es einen heftigen Adrenalinstoß, dessen Aufgabe es in der Regel ist, den Körper auf Kampf oder Flucht vorzubereiten. Aber dergleichen war momentan nicht drin.

»Noch nicht lange im Netz und schon durch die Decke! Gibt es dafür auch ein Rezept? Aber bevor Sie uns das verraten, schauen wir doch erstmal rein.«

Das ermöglichte zwar noch kein entspanntes Zurücklehnen, gewährte aber zumindest einen kleinen Aufschub.

Es folgte ein Zusammenschnitt aus vielen Bildern. Keine Minute, aber lang genug, dass auch Martha sich plötzlich völlig neu zusammengesetzt fühlte. Es gab jede Menge Beifall und Martha klatschte begeistert mit.

»Ich wollte etwas in meinem Leben ändern« sagte Martha, ohne eine Frage abgewartet zu haben. »Und ich habe es geschafft.« Sie schaute kurz auf den Monitor und lächelte sich zu.

»Das wollen wir alle, und wenn es nur darum geht, pünktlicher zu sein oder weniger Zucker zu essen. Und wir wissen auch, dass das nicht immer einfach ist. Wie war das bei Ihnen? Und *was* wollten sie ändern?«

»Alles. Ich wollte alles ändern. Aber alleine hätte ich das nicht geschafft.« Sie drehte sich zu Colette um.

»Alles? Das klingt ja nach ziemlich viel.«

Martha wollte nicht von vorn anfangen, erzählte von der Entführung, vom Zufall, der sie in Bewegung gesetzt hatte. Und sie dankte Colette, die ebenfalls so ein Zufall sei, ohne die sie heute nicht hier säße.

Und weil Colette schon mal ein Mikrofon am Ausschnitt hatte, gingen die nächsten Fragen an sie. Der Moderatorin war die Erleichterung anzusehen, als ihr gelungen war, Colettes Redefluss zu unterbrechen. Auch Martha war erleichtert und in ihr klopfte und rauschte es längst nicht mehr so stürmisch. Ihr Blick traf den von Rune Böckenstedt, der lächelte und weiterhin die Ruhe selbst war. Martha hatte die Frage der Moderatorin überhört, die nicht lange auf Antwort wartete, sondern einfach weiterplauderte: »Sie und Frau Maes sind also ein eingespieltes Team.«

»Das kann man wohl sagen. Ich glaube, ihre Videokünste sind mittlerweile besser als meine Kuchen.«

»Sie wurden preisgekrönt! Ihr Frankfurter Kranz ist in aller Munde. Sie haben uns einen mitgebracht, und der wird auch gleich hier in der Runde verkostet werden.«

Martha hatte überhaupt keinen Frankfurter Kranz mitgebracht, den hatte man nach ihrem Rezept – wenn überhaupt – wahrscheinlich irgendwo nachbacken lassen. Die Zuschauer würden es glauben, genauso, wie sie selbst vieles einfach geglaubt hatte, was ihr im Fernsehen vorgespielt wurde.

»Hatten Sie von Anfang an diese Idee im Kopf, als Sie an Veränderung dachten?«

Martha hatte gerade eine gute Portion Wut im Kopf. Mit der Antwort ließ sie sich Zeit.

»Ich hatte gar nichts im Kopf. Aber ich war immer von dem überzeugt, was ich kann. Und das ist Backen.«

Die Befürchtung, der Kuchen könnte ihren Qualitätsansprüchen nicht gerecht werden, erwies sich als unbegründet, selbst die Dermatologin kratzte mit der Kuchengabel die letzten Reste vom Teller, obwohl sie im Anschluss über den schädlichen Einfluss von Zucker auf die Haut sprach.

Beim Comedian lachte Martha Tränen. Die waren nicht alle seinem Humor zu verdanken, es flossen auch einige der großen Last hinterher, die von ihr wie gutgefüllte Sandsäcke abfiel. Martha hätte jetzt noch Stunden in ihrem Sessel verbringen können. Sie schlug die Beine übereinander, trank Rotwein und aß vom Kuchen, auch wenn das kulinarisch betrachtet nicht zusammenpasste.

Der andere Schauspieler sang zur Gitarre ein selbstgemachtes Lied. Rune Böckenstedt kam als Letzter an die Reihe. Vor der Rente Manager einer Lebensmittelkette, aber schon immer ein Idealist, der ein Herz für alte Apfelsorten hatte. Auf seiner zwei Hektar großen Anbaufläche im Alten Land erntete er Apfelsorten, deren Namen allein schon nach Vergangenheit klangen. Selbst als er die Monokulturen kritisierte, schwang in seiner

Stimme Verständnis mit und die Liebe zu dem, was er tat, überstrahlte alles. Martha spürte eine tiefe Seelenverwandtschaft.

Der Sender hatte ein kleines Buffet aufgebaut und zur After-Show-Party geladen. Im allgemeinen Gedränge hatte Martha Rune Böckenstedt bald aus den Augen verloren und dann hocherfreut bei den noch verwaisten Stehtischen wiederentdeckt. Aber Colette wollte mit ihr anstoßen und bugsierte sie energisch vor sich her durch die Menge hin zum liedermachenden Schauspieler. Der hob einladend sein erstes Glas. Bevor Colette sich um zweimal Prosecco kümmerte, fand sie lobende Worte für ihn, von denen er sich keines entgehen ließ.

»Auf dich!« Colette stieß so heftig an, dass Martha den Perlwein mit einer Papierserviette vom ärmellosen Wollkleid tupfen musste. Danach war Rune Böckenstedt nicht mehr zu sehen. Bei ihrer zweiten Runde durch das Gedränge stellte sich ihr der Fernsehkoch in den Weg und fragte, ob sie wohl immer streng nach Rezept backe oder mehr im *Freestyle* unterwegs sei.

»Ich kann kein Englisch«, sagte Martha und schob sich an ihm vorbei. Die Lust auf Feiern war ihr vergangen und sie überlegte, ob sie nicht mit dem Taxi zum Hotel zurückfahren sollte. Colette stand immer noch bei den Getränken und beim singenden Charakterdarsteller und es schien, dass sie schon lange über den ersten Schluck hinaus war.

»Martha, meine Kuchenfee, komm rüber!« Sie winkte mit ihrem Glas über die Köpfe hinweg und die *Kuchenfee* arbeitete sich durch die Menge.

»Lass uns feiern!« Colettes gespitzte Lippen trafen Martha auf den Mund.

»Du bist betrunken!«

»Und du bist viel zu nüchtern. Mensch, Stimmung Martha!« Vom Schauspieler ließ sie sich kichernd Rotwein nachschenken.

Martha nutzte den Moment, um zu gehen. Der Pförtner kümmerte sich um ein Taxi und wollte unbedingt noch ein Autogramm – seine Frau backe nach ihren Rezepten und er habe da so gar nichts dagegen. Sein Lachen klang verschwörerisch.

Im Aufzug drückte sie die Taste zum fünften Stock. Im ersten gab es eine Hotelbar, ein kleines Foto in Farbe wies darauf hin. Martha verspürte weder Durst noch sehnte sie sich nach Gesellschaft, dennoch fuhr sie, oben angelangt, gleich wieder nach unten in den ersten. Den Schildern folgend lief sie über den geräuscheschluckenden roten Teppichboden bis zu einer gläsernen Wand, hinter der sehr viele Lampen sehr wenig Licht gaben. Martha war drauf und dran umzukehren, erkannte aber gerade noch rechtzeitig das Norwegermuster im Halbdunkel. Die Lichtverhältnisse würden die Röte in ihrem Gesicht nicht preisgeben und damit es mit der Stimme klappte, räusperte sie sich kurz.

»Guten Abend.« Martha musste nach oben schauen, auch dann noch, als Rune Böckenstedt vom Barhocker gestiegen war und ihr erfreut die Hand reichte.

RUNE

Martha entschied sich für *Pinà Colada* aus der Cocktailkarte.

»Was Besonderes«, hatte sie gesagt, als Rune sie nach ihren Wünschen fragte. Sahne und Kokosnuss-Creme, das klang sättigend. Am Buffet hatte sie sich lediglich einen Pumpernickeltaler mit Lachs in den Mund geschoben.

Rune Böckenstedt trank Rotwein. Einen Primitivo aus Apulien.

»Ihren gedeckten Apfelkuchen sollten Sie mal mit der Roten Sternrenette backen. Süß-säuerlich und dabei würzig und sehr fein. Aber wollen wir uns nicht duzen?«

Das Anstoßen mit einem Cocktailglas, an dem ein großes Stück Ananas klemmte, war gar nicht so einfach.

»Rune ist ein schöner Name. Ich habe ihn noch nie gehört. Vielleicht ist er deshalb so schön.« Martha sog durch zwei Strohhalme gleichzeitig den dickflüssigen Cocktail ein.

»Zweihundert Jahre alt.«

»Dein Name?«

»Nein, die Rote Sternrenette.«

»Martha kommt aus dem Hebräischen. Ist also noch älter.« Wieder sog sie kräftig an den beiden Halmen und schaute dabei zu, wie sich der Getränkespiegel senkte und wieder ein bisschen hob, als sie das Glas abstellte.

»Ich habe mir dein Video mit dem Apfelkuchen angeschaut und fand dich sehr sympathisch.« Rune schob sein Weinglas zur Pinà Colada. Das knappe Klirren schien sich in Marthas Körper fortzusetzen. Zumindest verspürte sie etwas Fremdartiges. Verlegen griff sie nach ihrem Cocktail und sog den ganzen Rest auf, bis nur noch ein kratzig-schlürfendes Geräusch übrigblieb.

»Mir gefällt, was du mit den Äpfeln machst.« Den kleinen Rülpser konnte sie nicht mehr unterdrücken, auch weil sie sich gleichzeitig auf das ungewohnte Sitzen auf dem hohen Barhocker konzentrieren musste.

Der Mann mit der schwarzen Fliege wollte schon das leere Glas vom Tresen nehmen, aber

Martha war schneller, schnappte sich das Stückchen Ananas und steckte es sich in den Mund.

»Ich mag es nicht, wenn Lebensmittel weggeworfen werden.« Sie wischte sich mit dem Handrücken den Saft vom Mundwinkel. Da es aussichtslos war, mit den Füßen an die Querverstrebung zu gelangen – sie versprach sich dadurch mehr Halt – klammerte sie sich mit beiden Händen an die Theke. Rune machte den Vorschlag, zu den kleinen Sesseln an den runden Tischen zu wechseln. Vom Hocker runterzukommen war fast noch schwieriger, als auf ihm sitzen zu bleiben. Als Rune ihr dabei half, legte Martha beide Arme um seinen Hals. So soll es bleiben, dachte sie. Es fühlte sich gut an.

Der Barkeeper fragte nach weiteren Getränkewünschen, und weil Rune beim Primitivo blieb, wollte auch Martha dabeibleiben, was sie schon hatte.

»Bist du dir sicher?«

Trotz des Dämmerlichts konnte Martha Anzeichen von Besorgnis in Runes Gesicht erkennen, und es tat ihr gut, dass sich jemand um sie sorgte.

Zum Bestellten gab es ein Schälchen Erdnüsse. Martha nahm sie einzeln und während sie langsam kaute, fing sie an zu erzählen und ließ auch die Vögel nicht aus, die sie von ihrem Günzburger Küchenfenster aus beobachten konnte. Rune, der aufmerksam zugehört hatte, stand auf, nahm ihren Kopf in seine riesigen Hände und küsste sie behutsam auf die Stirn. Warum ihr jetzt Tränen über die Wangen liefen, konnte sie gar nicht verstehen. Die wischte sie verstohlen weg und sog, ohne Luft zu holen, an den extraweiten Trinkhalmen.

»Meine Frau mixte leidenschaftlich Cocktails. Ihre Margaritas waren unschlagbar.«

»Warum *waren*?«

»Sie ist seit beinahe sechs Jahren tot.«

Martha schämte sich für das bisschen Freude, das sie verspürte und die Unterhaltung geriet ins Stocken. Aus beidseitiger Verlegenheit griffen sie gleichzeitig in die Schale mit den Nüssen, wobei sich ihre Hände berührten. Rune sah Martha in die Augen.

»Ich habe gedacht, jetzt, mit fünfundsechzig Jahren muss ich auch keine Beziehung mehr eingehen. Aber so einfach ist das nicht. Äpfel alleine reichen offensichtlich doch nicht aus.«

Runes Stimme klang traurig, und weil Martha das nicht wollte, fragte sie nach den Äpfeln.

Rune nahm einen kräftigen Schluck vom Rotwein, und Martha hatte zunehmend Schwierigkeiten, einem in Fahrt kommenden Vortrag zu folgen, während sie in den Resten ihrer Pinà Colada rührte.

Das Dämmerlicht in der Bar begünstigte den Dämmerzustand in Marthas Kopf. Nur bruchstückhaft nahm sie die unaussprechlichen Namen alter Apfelsorten wahr, und schließlich lehnte sie sich einfach an die breite Schulter, nach der sie sich schon gesehnt hatte, als sie Rune im Studio gegenübersaß.

»Wo kommst du denn jetzt her?« Colette lag im Bett und griff sich stöhnend an die Schläfen. »Ich habe mir verdammt nochmal Sorgen gemacht! Kein Auge habe ich zugekriegt!«

Martha ging mit Jacke und Handtasche über dem Arm zum Fenster und zog die Vorhänge zu. Das grelle Morgenlicht konnte sie gerade nicht ertragen.

»Nun sag schon. Ist irgendwas passiert?«

»Wenn ich das wüsste!« Martha warf sich auf ihr Bett.

»Was weißt du nicht?« Colette stand schwerfällig auf und holte sich eine Flasche Wasser aus der Minibar. Martha streckte ihre Hand danach aus.

»Ich habe den Abend mit Rune verbracht und offensichtlich auch die Nacht.«

»Der Böckenstedt? Der mit den Äpfeln?«

»Ich glaube, ich kann in meinem ganzen Leben nie mehr Ananas essen.«

»Was hat Ananas jetzt mit dem Apfelbauern zu tun?« Colette setzte die Wasserflasche an und sofort wieder ab, als Martha sie anfuhr.

»Er heißt Rune, Colette! Und ich glaube, ich mag ihn.«

»Und wo ist dann das Problem?«

»Ich bin heute Morgen splitterfasernackt neben ihm aufgewacht! Nackt Colette, verstehst du!«

»Und wo ist dann das Problem? Entschuldige, wenn ich mich wiederhole.«

»Du kennst doch mein Problem!«

»Der Böckenstedt hat offensichtlich kein Problem damit.«

»R U N E, Colette! Er heißt Rune!«

»Du bist ja richtig verknallt!« Colette reichte Martha die Wasserflasche.

»Hör auf so doof zu grinsen! In zwei Stunden müssen wir am Flughafen sein. Wir sollten packen.« Sie leerte die Flasche in einem Zug.

»Da ist sie wieder. Meine kleine, pflichtgesteuerte Martha!«

Die Wolken hatten sich auf Geschlossenheit geeinigt. Martha drückte ihre Stirn gegen das kleine Fenster und suchte das wattige Weiß nach Lücken ab, durch die sie auf die Welt hinabschauen konnte, die sich für sie gerade etwas schneller drehte.

»Was darf es für Sie sein?« In der flüsternden Stimme lag eine berufsbedingte Freundlichkeit, die nicht stören, aber doch gehört werden sollte. Mit anhaltendem Lächeln beugte sich die Stewardess diskret an Colette vorbei, die mit offenem Mund tief und fest schlief.

Martha hatte in diesem Moment eine genaue Vorstellung davon, was gut für sie wäre. Die

Flugbegleiterin hinterließ ihr einen Kaffee und stilles Wasser.

Martha dachte an Rune. Sie erinnerte sich an kratzige Wolle auf ihrer Haut, sie sehnte sich nach der Wärme, nach seinem Geruch und nach diesem wunderbaren Gefühl der Geborgenheit. Nach all dem, was sie in ihrem Leben so noch nie erfahren hatte. Sie versuchte sich an mehr zu erinnern, aber ihr Gedächtnis rückte nur noch die dunkelbraunen, mustergebenden Sterne auf dem handgestrickten Pullover heraus. Dabei müsste doch noch jede Menge mehr passiert sein! Das schmerzliche Sehnen wich aufkommender Scham. Der Kaffee wurde kalt und das Wasser blieb still.

Nach dem Aufruf, die Tische wieder hochzuklappen und die Sitze senkrecht zu stellen, rüttelte Martha an Colette, die noch immer fest und leise schnarchend schlief.

Die musste sich erst wieder zurechtfinden, räkelte sich dann ausgiebig und erblickte die beiden Pappbecher, die Martha wegen der Anweisungen aus den Lautsprechern inzwischen in den Händen halten musste.

»Oh, sind das meine?« Eine Antwort schien sie gar nicht zu erwarten, sie klappte ihr Tischchen auf und stellte die beiden Becher darauf ab.

»Wir landen.« Martha schaute vorwurfsvoll.

»Das ist auch gut so.« Das Wasser stürzte sie in sich hinein.

»Das Tischchen …«

»Klappe ich rechtzeitig wieder nach oben. Mach dir mal keine Sorgen. Gab es keine Milch zum Kaffee?«

Martha reichte ihr die Portionspackung, die sie vor sich ins Netz geklemmt hatte.

Colette hantierte ungeduldig am Deckel der Kaffeesahne. »Wann und wo siehst du deinen Apfelbauern denn wieder?« Die Folie löste sich an einer Stelle und von der Sahne gab es einige Spritzer auf ihrem T-Shirt. »Jedes Mal die gleiche Scheiße!«

Martha hielt die rettende Papierserviette zurück. »Du weißt ganz genau, dass ich das überhaupt nicht mag, wenn du so von Rune sprichst!«

Colette entschuldigte sich, versprach, dass das nie mehr vorkommen sollte. Dafür gab es die Serviette.

»Ich weiß ja nicht einmal, wo er wohnt und eine Telefonnummer habe ich auch nicht.«

»Das ist wiederum auch scheiße!« Colette leerte den Kaffee, klappte das Tischchen hoch und legte ihre Hand mitfühlend auf Marthas Schoß.

»Wenn er dich finden will, findet er dich! Glaub mir.«

Sie zogen ihre Koffer vom Gepäckband und fuhren mit dem Zug weiter in Richtung Alltag.

ROTE STERNRENETTE

Die Talkshow hatte nicht nur bei Martha Spuren hinterlassen. Colette meinte, dass sich dieser Klick-Tsunami mit bloßem Auge gar nicht mehr verfolgen lasse. Sie nannte Zahlen zu den steigenden Werbeinnahmen und behauptete, Schwindelanfälle zu bekommen.

Martha ahnte, dass solch ein Gebrechen bei Colette keine Bettruhe nach sich ziehen würde und befürchtete Feierlaune. Die Furcht war berechtigt. Colette schlug Shoppen und anschließendes Schlemmen vor.

Martha dachte hingegen seit acht Tagen nicht einmal mehr ans Backen. Appetit hatte sie auch keinen und über die weiteren zwei verlorenen Kilo konnte sie sich gar nicht richtig freuen. Sie verbrachte viel Zeit am Küchenfenster und schaute den Blättern am Baum im Hinterhof zu, wie sie bunt wurden, herabsegelten und einen täglich dichter werdenden Teppich hinterließen. Sie hatte den Herbst noch nie gemocht, er brachte die Furcht vor dem langen Winter mit. Aber jetzt war es nicht der Herbst, der ihre Stimmung drückte.

Er wird mich gar nicht finden wollen! Warum sollte er auch nach mir suchen?

»Nun komm schon Martha. Einmal mit richtig Kohle in der Tasche die Einkaufsmeile rauf und runter. Und dann gepflegt essen gehen und unterm Tisch all die Tüten und wir mit den Füßen mittendrin!«

Es hätte jetzt auch Streit geben können wegen der ruinierten Feierlaune, stattdessen aber legte Colette den Arm um Martha.

»Ich besorge dir deinen Apfelbauern.« Martha musste lachen und das tat ihr gut.

Die Frau am Telefon benutzte das Wort *Datenschutz* dreimal während des kurzen Gesprächs mit dem Sender. Später fand Colette im Netz einen alten Zeitungsartikel, der vom Einfluss des Klimas auf den Obstanbau im Alten Land handelte. Rune Böckenstedt wurde ebenfalls erwähnt, das half aber in diesem Fall nicht weiter. Colette schlug vor, einfach hinzufahren und die fünf oder sechs Gemeinden in der Gegend abzuklappern. Das könne ja so schwer nicht sein, zumal in dieser scheinbar heilen Apfelbaumwelt jeder jeden kennen müsste. Sie schob Martha den Laptop hin, damit sie die blühenden Obstbäume und die vielen Fachwerkhäuser sehen konnte.

»Ich weiß nicht ...«

»Was weißt du nicht? Ich weiß, dass es so nicht weitergeht! In gut einem Monat ist Weihnachten. Deine Fans wollen Plätzchen ausstechen. Deine Plätzchen, Martha.«

»Es geht dir ums Plätzchenbacken?« Martha schob den Laptop von sich weg.

»Nein ... ich wünsche mir natürlich, dass du wieder glücklich bist. Und weil Backen alleine offensichtlich nicht mehr ausreicht ...«

Es klingelte.

Der Postbote rief durchs Treppenhaus. Colette musste ihn nicht verstehen, sie begriff auch so, dass er nicht vorhatte, in den dritten Stock zu kommen.

Auf dem Weg nach oben nahm sie zwei Stufen gleichzeitig. Wegen des Absenders auf dem Paket. Der machte eine Reise ins Alte Land überflüssig.

»Nun hör mal auf, an jedem einzelnen Apfel zu riechen, sag mir lieber, was er geschrieben hat!«

»Das sind Rote Sternrenetten. Süß-säuerlich und dabei würzig und sehr fein. Ich soll meinen gedeckten Apfelkuchen damit backen. Und wenn ich nichts dagegen hätte, würde er auf eine Tasse Kaffee vorbeikommen.« Martha streichelte über die Äpfel, die in Holzwolle gebettet auf ihre Bestimmung warteten. Dann strich sie wieder über die Karte mit der Handschrift, in der dieselbe Ruhe lag wie in der Stimme, die sie noch immer in ihrem Ohr hatte.

Während die Rosinen in vierundfünfzigprozentigem Rum badeten, saß Martha beim Frisör. Waschen, schneiden, föhnen. Sie wollte gut aussehen.

Beim Apfelkuchen-Dreh trug sie die Bluse mit den Streublümchen und das grüne ärmellose Wollkleid. Die Schürze ließ sie weg. Eine Botschaft nur für Rune. Colette meinte, dass man sich die Beleuchtung sparen könne, weil Martha so strahlte. Und sie sei sich nicht sicher, ob die mit ihren Gedanken überhaupt noch beim Backen war. Die Leidenschaft allerdings, mit der

Martha geistesabwesend den Teig knetete, war ihr neu.

Diesmal nahm sie besonders viel Butter für den Mürbeteig. Die Äpfel schälte sie, ohne hinzuschauen. Dafür lächelte sie in die Kamera und erläuterte die Vorzüge der Roten Sternrenette, nicht ohne dabei an Rune zu denken. Sie dünstete die dünnen Spalten bei kleiner Flamme in etwas Weißwein, gab das Mark einer Vanilleschote dazu und den Abrieb einer halben Zitrone. Die gehackten Walnüsse karamellisierte sie in einer kleinen Pfanne, bevor sie sie zusammen mit den rumgetränkten Rosinen vorsichtig unterhob.

Später kam der Guss drauf, den sie mit dem kleinen Rest-Rum anrührte, den die vollgesaugten Trockenbeeren übriggelassen hatten.

Martha konnte beim anschließenden Ordungmachen gar kein Ende finden, und Colette fragte, ob man nicht noch die Fahne hissen müsse, sie vermute einen Staatsbesuch.

Als es Colette am späten Abend endlich wieder erlaubt war, sich an den Küchentisch zu setzen, machte sie sich mit Sorgfalt daran, den Film zu schneiden. Da richtete Rune Böckenstedt schon freudig ein kleines Reisegepäck.

NUR KAFFEE UND KUCHEN

Marthas Nerven lagen blank wie frischpoliertes Silber.
Sie lief immer noch im Schlafanzug herum, dafür war der Tisch ins Wohnzimmer gebracht worden und seit Stunden schon gedeckt. Zusammengetragene Tassen und Teller vom Flohmarkt. Würde zu Rune passen, hatte Colette gesagt und damit Marthas Bedenken beiseitegeschoben.
»Die hellbraune Cordhose mit der roten Bluse und darüber die Strickjacke mit den Taschen. Das ist mein allerletzter Vorschlag!« Dazu hob Colette den Finger, der nicht mehr da war.

Martha steckte letztendlich in einem blau-beige karierten Wollkleid mit Dreiviertelärmeln, als ihr der schrille Klingelton durch Mark und Bein fuhr. Die dicke Wollstrumpfhose wollte überhaupt nicht in die Schuhe passen, die ihre Waden eindeutig schlanker aussehen ließen. Zumindest glaubte sie das. Und weil sie an beidem festhalten wollte, am Glauben und an den Schuhen, wendete sie Gewalt an, worauf sich die Strumpfhose auf dem Spann zu Falten zusammenschob.

Ein Zurück gab es jetzt nicht mehr, denn sie hörte Colette schon: »Im Dritten!« durchs Treppenhaus rufen.

Anstatt zur Wohnungstür zu gehen, flüchtete Martha entgegengesetzt Richtung Küche. Die Füße taten jetzt schon weh.

»Hartelijk welkom!«

Ein Schrei kürzte die herzliche Begrüßung abrupt ab und Rune stürzte hinter Colette – schon wegen der Ortsunkenntnis – in die Küche.

Martha war beim völlig unnötigen Versuch zu entkommen umgeknickt. Sie saß auf einem Stuhl und rieb sich den Knöchel, der eigentlich schon gar nicht mehr zu sehen war. An etwas Kürbisähnlichem hing ein Schuh, als hätte der unerlaubterweise dort angedockt. Die Wade wirkte jetzt allerdings wirklich schlanker.

Martha weinte, stellte dabei aber erleichtert fest, dass sich auch ihr Herz wieder auf einen gemäßigteren Rhythmus einpendelte.

Der gedeckte Apfelkuchen stand unbeteiligt auf dem Tisch, als die Entscheidung fiel, den unförmig gewordenen Fuß ins Krankenhaus zu bringen.

Zu dritt saßen sie hinten im Taxi. Rune hatte seinen Arm um Marthas Schulter gelegt. Für Martha hätte die Fahrt ewig dauern können, irgendwann musste der Fuß dann aber doch in einem kleinen dunklen Raum durchleuchtet werden.

Bänder- und Kapselriss. Zur Diagnose gab es einen Schuh, wie ihn Neil Armstrong bei seinen ersten Schritten auf dem Mond getragen hatte.

Weil Martha sich viel lieber bei Rune unterhakte, humpelte Colette theatralisch mit den Krücken zum wartenden Taxi.

Auch wenn alles ganz anders lief, als es hatte laufen sollen: Es lief gut.

Den Apfelkuchen gab es zum Abendessen. Colette aß ihn im Stehen, wegen des *dringenden* Termins, von dem Martha gar nichts wusste, aber im Nachhinein begriff.

»Der beste Apfelkuchen, den ich je gegessen habe!« Martha nahm das Lob gerne an, war ihr Kuchen, wie sie selbst zugeben musste, doch wirklich ein Geschmackserlebnis. Auf dem Laptop lief das neue Video. Martha strahlte in Streublumenbluse und ärmellosem Wollkleid. »Und mit der Butter ruhig großzügig sein …«, hörte sie sich noch sagen, bevor Rune sie küsste. Ihr Herz raste. Aber das durfte es jetzt auch.

Später tranken sie einen Primitivo. Den hatte Martha besorgt.
»Ich hoffe, es ist der Richtige.«
Rune sagte, dass er sich gar nicht mehr daran erinnern könne, welchen Wein er vor einer guten Woche in der Hotelbar getrunken hatte. Ihm seien andere Dinge in Erinnerung geblieben. Martha schoss das Blut in den Kopf. *Andere Dinge.*
Er füllte die Gläser nach.
»Ich kann mich nur an den Wein erinnern. Und an Ananas. Und an die vielen Sterne auf deinem Pullover. Und an den Morgen …« Martha kippte ihren Wein, als könnte sie diese letzte Erinnerung damit wegspülen.
Rune nahm ihr das leere Glas ab. »Du hast mich mit beiden Händen in mein Zimmer geschoben.«

Martha griff nach ihrem Glas, aber Rune zog es weg.

»Es war wunderbar, Martha! Umso größer war meine Enttäuschung, als ich ohne dich an meiner Seite aufgewacht bin.«

»Ich schäme mich so.«

»Dafür gibt es doch gar keinen Grund!« Rune nahm sie in die Arme und Martha drückte ihr Gesicht in die dunkelblauen Maschen seines Pullovers.

»Hat den deine Frau gestrickt?« Martha hatte ein einfaches JA erwartet, stattdessen fiel der Name *Ina Kronberg* und bei Martha regte sich etwas bisher Unbekanntes.

»Auch den mit den vielen Sternen?«

Dass Rune sogar eine ganze Sammlung handgefertigter Pullover von dieser Ina besaß, ließ sie ruckartig eine aufrechte Haltung einnehmen.

Eine Bekannte! Das klang nicht beschwichtigend. Es half auch nicht, dass man sich diese Ina gar nicht mehr ohne Nadelklappern vorstellen könne und dass diese Leidenschaft schon längst die Bedürfnisse ihres näheren Umfelds übertreffe.

»Bist du das nähere Umfeld?« Sie legte den kaputten Fuß hoch. Er tat weh.

»Ich unterstütze gern, was Unterstützung verdient.«

Mit dem Finger fuhr Martha das Zopfmuster in Ina Kronbergs dunkelblauer Handarbeit nach.

Rune klopfte auf den grauen Stiefel an ihrem Fuß und sagte: »Wir gehen es langsam an.«

KEKSE

Rune war am Tag nach dem gedeckten Apfelkuchen wieder nach Hamburg geflogen. Er wollte niemanden mit einem zu langen Besuch in Verlegenheit bringen. Sich selbst eingeschlossen. Es hatte lediglich ein erster Schritt sein sollen.

Den zweiten würde Martha machen, nachdem fünf Weihnachtskeks-Videos endlich im Kasten waren, die sie Colette versprochen hatte. Sie hatte nicht groß gegen die dusselige Nikolausmütze auf ihrem Kopf protestiert und passte auf, dass der Kerze auf der Arbeitsfläche beim Kneten, Ausrollen und Ausstechen nicht das adventliche Licht ausging.

Als erstes hatte sie sich etwas mit Walnüssen, Schokolade und Orangenschale ausgedacht. Dann folgten Vanillekipferl, ein Rezept, das sie eigentlich nie verraten wollte, und schließlich Schokokekse mit Pfefferminzfüllung.

Es war nicht nötig, jeden Arbeitsschritt in voller Länge aufzunehmen, und so mancher Teig durfte erst einmal eine Stunde im Kühlschrank ruhen, bevor er weiterverarbeitet wurde.

Immer häufiger nutzte Colette diese Zeit für Telefonate.

»Auf der Suche nach neuen Hilfsbedürftigen? Hast du Angst, dass ich nicht mehr zurückkomme?«

»Nein, ich habe keine Angst, und du wirst erstmal wieder zurückkommen.«

»Erstmal?« Martha nahm den Teig für die Haselnussbrezeln aus dem Kühlschrank und knetete ihn weich.

»Nun, ich denke, wir können nicht ewig so weitermachen. Das hier ist und bleibt ein Provisorium. Du wirst deinen letzten Atemzug sicherlich nicht in dieser Sofaecke tun wollen. Zugegeben, finanziell läuft es super. Wir könnten eine größere Wohnung mieten, mit einem Extrazimmer als Küchenstudio. Das wäre ein Schritt in eine Zukunft, über den wir noch gar nicht gesprochen haben.«

»Ich muss die Brezeln formen, der Teig darf nicht zu weich werden.«

Colette schaltete die Beleuchtung ein und richtete die Kamera auf Marthas Hände, die nun großformatig Würste rollten und aus den Würsten Brezeln formten, während Marthas Stimme kommentierte und beriet. Dann war wieder die ganze Martha im Bild, die lächelnd das Blech in den vorgeheizten Ofen schob.

»Du fliegst übermorgen nach Hamburg.« Colette nahm die Kamera in die Hand und hielt sie kurz vor das erleuchtete Backofenfenster.

Martha musste gar nicht erst daran erinnert werden. Schon seit Tagen machte sie sich Gedanken, ob und wie sie das mit dem Zug zum Brüssel-Airport und dem Flug nach Hamburg hinkriegen würde. Für Colette war das gar keine Frage, ihre Gedanken gingen mehr in Richtung Zukunft.

»Du fliegst ja nicht nach Hamburg, weil du Runes Apfelbäume zählen möchtest. Du bist verliebt, Martha. Und wenn das mit dir und Rune Zukunft hat, bin ich der glücklichste Mensch auf Erden.«

»Dann wäre ich aber nicht mehr hier und es gäbe kein *Martha macht's* mehr. Du wärest glücklich, weil ich glücklich bin, reicht dir das denn?«

»Was glaubst du eigentlich, warum ich so viel rumtelefoniere?«

»Hilfsbedürftige aufstöbern?«

»Genau, ich suche einen drogenabhängigen, arbeitslosen Bäckergesellen ohne festen Wohnsitz und mit grottenschlechter Schufa-Auskunft. Quatsch mit Soße! Ich bin auf der Suche nach einer Agentur, die Werbe- oder Erklärvideos dreht. Ich würde gerne als freie Mitarbeiterin einsteigen. Zum Dazulernen. Und irgendwann möchte ich meine eigene Agentur haben.«

»Das hört sich ja so an, als hätte *Martha* ausgebacken. Soll ich vielleicht zum Abschied gleich noch winken?«

»Verdammt, die Brezeln!« Colette riss die Backofentür auf. Nachdem sich der Qualm gelegt hatte, zog Martha das Blech mit den verkohlten Keksen heraus. Colette konnte es nicht lassen, die Kamera draufzuhalten.

»Fürs Abschiedsbild.« Da mussten sie beide lachen.

Colette öffnete das Fenster und streckte eineinviertel Finger zum Schwur in die Luft. Sie versicherte, dass ihr Marthas Glück reiche, um selber glücklich zu sein. Das musste sie mit dem vollständigen Fingersatz wiederholen, bevor Martha sich um die nächsten Brezeln kümmerte.

Der Brandgeruch hing noch am nächsten Tag in der kleinen Wohnung, dagegen hatten selbst die Sesam-Mandel-Kugeln nichts ausrichten können.

»Wenn du zurück bist, ist die Luft wieder rein.« Colette sah Martha dabei zu, wie sie Lage für Lage Kekse in eine Dose schichtete. Die sollten mit ins Alte Land.

»Wie meinst du das?« Vorsichtig drückte Martha den Deckel drauf.

»Na, der Gestank eben …«

Der war nicht der Grund, warum Martha bis zum Weckerklingeln so gut wie keinen Schlaf finden konnte.

AMARYLLIS

Martha hatte wieder einen Fensterplatz bekommen und wieder versperrte ihr eine dichte Wolkendecke die Sicht auf das Stück Erde zwischen Brüssel und Hamburg. Doch die Erleichterung darüber, ohne Zwischenfälle auf Sitz 22F gelandet zu sein, war größer als ihre Enttäuschung. Obwohl die weiße Fläche keine Abwechslung bot, schaute sie fast den ganzen Flug über nach draußen. Ein unendlich großes Blatt Papier, und weil Papier geduldig ist, konnte sie all ihre Gedanken darauf ausbreiten. Davon rauschten so einige durch ihren Kopf. Einer zog den nächsten nach sich und die meisten begannen mit *was* oder *wenn*. Als ihr das Knäuel zu groß wurde, überlegte sie, ob sie wohl auf dieser dicken Watteschicht herumlaufen könnte, wenn sie auf der Stelle aussteigen würde. Da tauchte das Flugzeug aber schon in die mächtige Schwade ein, und als es wieder herauskam, konnte Martha auf die Spielzeugwelt sehen, die unter ihr unaufhaltsam größer und mit dem Ruck des Aufsetzens vollends real wurde.

Rune ragte unverkennbar aus der wartenden Menge heraus. In Mütze und Schal – zu Marthas Leidwesen sah beides selbstgestrickt aus. Er winkte mit etwas Blühendem in Rot. Martha fühlte ihre Gesichtsfarbe in ähnlichem Farbton erblühen. Seine herzliche Umarmung hatte etwas Beruhigendes, und als er sie später in seinem Pickup küsste – wegen der richtigen Begrüßung, wie er sagte – dachte sie gar nicht mehr daran, ihre Aufregung zu verbergen.

Es regnete und fing auch schon an zu dämmern, als sie losfuhren. Viel konnte Martha nicht mehr erkennen, dennoch schaute sie neugierig aus dem Beifahrerfenster. Rune versprach, ihr Hamburg beim nächsten Besuch zu zeigen. In den vier bevorstehenden Tagen sei keine Zeit für solch eine große Stadt. *Keine Zeit*! Rune schien schon alles durchgeplant zu haben und Martha dachte mit Sorge ans Zähneputzen.

Im Elbtunnel staute sich der Verkehr und teilweise kam er zum Stillstand. Jedes Mal, wenn nichts mehr ging, legte Rune seinen Arm um

Marthas Schultern und einmal sagte er ihr, dass er schon lange nicht mehr so glücklich gewesen sei. Dass sie aber auch ausgerechnet jetzt an Karl denken musste! Der hatte ihr nie so etwas Schönes gesagt. Da merkte Martha, dass auch sie glücklich war, und als Rune sie wieder küsste, wollte sie am liebsten schon angekommen sein mit allem, was dazugehörte.

»Ich habe deinen schönen Blumenstrauß noch gar nicht richtig angeschaut.« Martha drückte ihn sich an die Nase. »Es riecht nach Tanne.«
Rune schaltete die Innenbeleuchtung an.

»Oh, Amaryllis mit Tannen- und Beerenzweigen. Wie hübsch!«

»Ritterstern. *Hippeastrum.* Wird immer wieder fälschlicherweise Amaryllis genannt.«

»Ich dachte, du kümmerst dich nur um alte Apfelsorten.«

»Du kennst mich halt noch nicht.«

»Das stimmt.«

Rune machte das Licht wieder aus und die Stille wurde nur vom Hin und Her der Scheibenwischer unterbrochen.

»Ich will dich richtig kennenlernen.«, sagte Martha, da bog Rune rechts ab und der Geländewagen holperte auf ein weißes Fachwerkhaus zu.

INA

Martha blinzelte. Es wurde langsam hell. Mehr wollte sie nicht sehen. Spüren wollte sie. Rune schlief noch und hatte unter der warmen Decke den Arm um sie gelegt. Schon war eine ganze Nacht vergangen. Jetzt wusste sie, was sie noch vom Leben erwarten konnte, und auch, was sie bisher verpasst hatte. Sie hauchte einen Kuss auf Runes Hand. Aufwecken wollte sie ihn nicht, auch, weil sie das Bedürfnis hatte, mit ihren Gedanken noch eine Weile allein zu bleiben. Alles hatte sich ganz selbstverständlich und richtig angefühlt. Ihr Körper war ohne ihren Kopf zurechtgekommen. Sie hatte sich einfach in die dicke, weiche Wolkendecke sinken lassen und war nicht durchgefallen.

Schon vor dem Frühstück geliebt zu werden, das hatte Martha auch noch nicht erlebt. Sie musste weinen und Rune schien zu verstehen. Wortlos hielt er sie fest.

Sie frühstückten in der Küche. Viel Holz und Stein. Die geweißten, unregelmäßigen Wände sahen handgetöpfert aus, der Fußboden antwortete bei jedem Schritt und die Kissen auf der Eckbank steckten in gestrickten Überzügen. Ina Kronberg und ihr näheres Umfeld! Die kleinen Fenster ließen immerhin genug Licht herein, um erkennen zu können, dass dem Staub hier keine Chance gelassen wurde. Das sah nicht nach Männersache aus. Möglicherweise legte diese Ina das Strickzeug auch schon mal aus der Hand und kümmerte sich um ganz andere Dinge. Martha wollte sich von den aufkommenden Bildern in ihrem Kopf ablenken und zeigte auf die Kupfertöpfe an der Wand.

»Von Meisterköchen empfohlen. Bist du auch ein Meister im Kochen? Oder war es deine Frau …«

»Die hingen schon hier, als ich das Haus gekauft habe. Ich glaube, die wurden noch nie benutzt.« Rune viertelte einen Apfel und schnitt das Kerngehäuse raus.

»Wann hast du dieses Haus gekauft?« Martha hielt einen Apfelschnitz in der Hand ohne Anstalten zu machen, ihn sich in den Mund zu stecken.

»*Minister von Hammerstein.* Je länger er lagert, umso aromatischer wird er. Probier mal!«

»Also wann?«

»Wann ich das Haus gekauft habe? Nach dem Tod meiner Frau. Ich wollte nicht mehr in der Stadt, sondern zwischen Apfelbäumen leben. Ina hatte das Haus von ihrer kinderlosen Tante geerbt. Ihr war es zu groß und zu abgelegen. Für mich passte es und ich passte Ina.«

Martha steckte das Stück von Hammerstein in den Mund. »Sehr gut!« sagte sie, meinte damit aber weniger den Minister. Ein Haus ohne Vorbelastung also, mal abgesehen von Ina Kronberg. Die würde morgen zum Mittagessen kommen und Labskaus mitbringen. Beides klang nicht wirklich gut.

Auch für Rune schien dieses Haus zu groß. Einige Zimmer standen leer, aber eins war liebevoll hergerichtet. Blumen standen auf dem kleinen Tisch neben dem roten Sessel und das dicke Federbett lag wie aufgeblasen und faltenfrei in einem schweren Eichenholzbett mit hoch aufragendem Kopf- und Fußende.

»Das ist dein Zimmer.«

»Das brauche ich doch gar nicht mehr.« Schön fand sie es trotzdem.

Eng zusammengerückt unterm Schirm gingen sie bei Nieselregen auf dem Elbdeich spazieren. Wie schön schlechtes Wetter doch sein konnte! Die drei rot-weißen Leuchttürme erinnerten Martha an Legoland. Mit den Kindern waren sie häufig da. Sie konnten sogar mit dem Bus hinfahren, wenn Karl keine Lust hatte. Ingo, Markus und Alexander. Rune hatte keine Kinder.

»Irgendwie verschwinden sie immer mehr aus meinem Leben. Ich hätte gerne noch diese Nähe von damals. Manchmal macht mich das traurig. Alexander und Markus lassen schon mal von sich hören. In Ingo steckt jede Menge Karl.«

»Bist du jetzt traurig?«

»Überhaupt nicht! Jetzt bin ich gerade ganz egoistisch. Ungeheuer egoistisch und ohne schlechtes Gewissen!«

Nur ihr verletzter Fuß drängte auf Umkehren.

Ina schien es mit der Pünktlichkeit wie mit Strickmustern zu halten: Präzision.

Martha war schon seit dem Morgen aufgeregt, zumal ihr Rune erzählt hatte, dass sich Ina seit dem Tod seiner Frau auch ein bisschen um seinen Haushalt kümmerte. Ein Versprechen, das sie ihrer geliebten Freundin auf dem Sterbebett gegeben hatte. Die beiden seien schon zu Kindergartenzeiten unzertrennlich gewesen. Eine Freundschaft, die selbst die schwerste Spaltaxt nicht hätte auseinanderbringen können. Runes Arm sauste durch die Luft.

Martha hatte keine Vorstellung von einer Spaltaxt, aber irgendwie hatte sie jetzt Lust, irgendwo draufzuhauen.

Rune war hinausgegangen, als der grellgrüne Kastenwagen vor dem Küchenfenster hielt. Von Ina war kaum etwas zu erkennen. Sie war derart winterlich verpackt, dass Martha eine nichtfunktionierende Heizung im Auto vermutete. Mit zwei Körben ging Rune voran und Ina humpelte hinterher. Noch ein verknackster Fuß!

Die Umarmung, die der kalten Luft von draußen folgte, war von solch einer Herzlichkeit, als hätte Martha damals auch schon mit im Sandkasten gesessen.

»Ich freue mich so, endlich die Frau kennenzulernen, die diesen Trauerkloß wiederbelebt hat!« Schicht für Schicht entledigte sie sich der Warmhaltepackung. Martha hoffte, dass am Ende noch etwas von der *Strickliesel* übrigbleiben würde. Wie dünn sie war!

Ihr breiter Mund lachte und die großen, dunklen Augen glänzten wie Christbaumkugeln. Mit beiden Händen fuhr sie sich durch eine störrische Kurzhaarfrisur, ohne wirklich daran etwas zu verändern.

»Martha … nicht ein Video habe ich verpasst.«

Jetzt schämte sich Martha wegen der *Strickliesel* und senkte den Kopf. Inas Füße steckten in klobigen braunen Schuhen. So etwas kaufte man nicht, das verschrieb der Orthopäde.

»Kinderlähmung.«, sagte Ina kurz und zog Martha lachend in die Küche, wo sie wie selbstverständlich den Tisch deckte. Es war offensichtlich, dass sie sich hier gut auskannte und Martha fühlte sich ein bisschen wie das fünfte Rad am Wagen.

Rune stand am Herd und schlug sechs Eier in die Pfanne. Gelegentlich rührte er im Topf, damit Inas vorgekochte Hamburger Spezialität nicht ansetzen konnte.

»Ich habe dir etwas mitgebracht.« Ina humpelte zu dem zweiten Korb. All ihre Bewegungen waren hektisch, das Humpeln eingeschlossen. Mit einem weihnachtlich zurechtgemachten Päckchen in der Hand stürzte sie nahezu zum Tisch zurück und Martha rechnete damit, sie auffangen zu müssen. Aber Ina hatte alles im Griff, auch wenn das Ankommen auf der Eckbank einer Bruchlandung glich.

»Für dich!« Das breite Lächeln entblößte die ordentlich in Reih und Glied stehenden weißen Zähne.

Martha ließ sich mit dem Auspacken Zeit. Mit übertriebener Sorgfalt löste sie die Schleife des grünen Satinbands. Was den Inhalt anging, da war sie sich sicher, musste es sich um etwas Selbstgestricktes handeln. Martha schlug die Hand vor den offenstehenden Mund, dem ein langgezogenes *Ohhhh* entwich.

Dicht an dicht erblühten Rosen auf einem langen, breiten Schal. Kaum vorstellbar, dass Wolle in den unterschiedlichsten Rottönen und zwei Stricknadeln für solch ein Meisterwerk ausreichten!

»Rune sagte mir, dass dir Rot besonders gut steht. Recht hat er! Als nächstes stricke ich dir eine Jacke mit Rosenmuster am Saum. Die gibt es dann bei deinem nächsten Besuch.«

Wie hatte Rune das wissen können? Martha konnte sich nicht erinnern, dass er sie schon einmal in Rot gesehen hatte. Aber er hatte wirklich Recht und sie freute sich.

Rune stellte den Topf und Rollmöpse auf den Tisch. Die Spiegeleier verteilte er direkt auf die Teller.

»Sieht ein bisschen aus wie …«, Ina räusperte sich »… schmeckt aber hervorragend!« Sie lachte wie ein Kind und schob Marthas Teller zum Topf mit dem Labskaus.

»Ich weiß nicht …«

»Wenigstens probieren.«

Zum Nachtisch gab es ein paar von Marthas Weihnachtskeksen und Tee mit einem Schuss Sahne. Bei Martha ging nur noch der Tee. Ohne Sahne.

Danach spielten sie Monopoly, weil Ina das so gerne wollte. Der Kachelofen bullerte und sorgte für rote Köpfe. Martha hatte sich mit dem Kauf der Schlossallee und der Parkstraße schon gleich zu Beginn verschuldet. Außerdem vergaß sie abzukassieren, wenn Ina oder Rune sich gelegentlich auf den Prachtstraßen befanden. Die Beiden platzierten Häuser und Hotels und spielten irgendwann nur noch zu zweit.

Martha baute derweil verträumt Kartenhäuschen mit ihren fünf Straßen, die jetzt der Bank gehörten, und eine Weile später bekam sie ihren Rune wieder zurück, weil der auch kein Geld mehr hatte.

Am späten Abend stieg Ina als glückliche Gewinnerin in ihr Auto, um sich auf den Heimweg zu machen, nicht ohne die Zahlen zu Marthas Maßen eingesammelt zu haben. Martha und Rune winkten dem grellgrünen Kastenwagen hinterher und fühlten sich mitnichten als Verlierer.

SCHLÜPFEN

Au revoir und *vaarwel* rief das Kabinenpersonal mit dem dazugehörigen Lächeln Martha hinterher, als sie in Brüssel den Flieger verließ. Das war nicht ihre Sprache. Die hatte sie auch im Alten Land zurücklassen müssen. Sie sehnte sich jetzt schon nach Rune.

Colette war nicht zu Hause, als sie die Tür aufschloss und »Ik ben terug!« – kurze Ansagen beherrschte sie – rief, obwohl sie gar nicht zurück sein wollte. Sie zog den kleinen Rollkoffer in ihre Sofaecke. Auspacken konnte sie später. Oder auch gar nicht. Sie dachte an einen Tee und irgendetwas Essbares, das letzte war ein gefüllter Schokokeks im Flieger.

Es interessierte sie nicht wirklich, wie es möglich war, während ihrer kurzen Abwesenheit solch ein Chaos in der Küche zu hinterlassen. Und auch über die Unordnung im Badezimmer hätte sie sich noch vor ein paar Tagen geärgert, wo Kleidungsstücke auf dem Boden lagen und

Colettes Handtuch zusammengeknüllt zwischen Wand und Halterung klemmte. Aber anstatt sich wie gewohnt umgehend zu bücken, rannte sie zum Telefon, das aus ihrer Handtasche eine Melodie schickte. Rune. Er wollte wissen, wann sie wiederkomme.

»Am liebsten morgen.«

Rune fand das gut.

Die Entscheidung hinter diesem *Morgen* versuchte sie mit umständlich langen Sätzen Colette beizubringen, die nach Mitternacht in die Wohnung geschlichen kam.

»Ich bin noch wach!«, hatte Martha in die Dunkelheit gerufen. Dann knackte der Schalter: »Welcome back, du kleine Kuchenfee!«

Dass Martha die Kuchenfee verabschieden wollte, schien Colette ganz und gar nicht in Verzweiflung zu stürzen. Sie entkorkte eine Flasche Wein und Martha erzählte vom Elbtunnel, vom Deich, von Ina und Labskaus, von Monopoly und vom Gästezimmer mit dem Eichenholzbett und der dicken Zudecke, die bis zu ihrer Abreise faltenfrei geblieben war.

Als sich Martha den Rest vom Wein einschenkte, war Colette schon zur Seite gekippt und auf dem Sofa eingeschlafen. Aus dem roten Rosenschal quollen ihre dunklen Locken hervor.

Gegen Ein Uhr mittags saßen sie beim Frühstück.

»Wer der Seidenraupe den Kokon öffnet, bringt sie um. So ist das nun mal, kannst du auch nachlesen. Martha, du bist voll dabei, dich selbst aus der Hülle rauszuknabbern! Du schlüpfst gerade und bald wirst du davonflattern!«

»Davonflattern? Das ist doch wie Handtuchschmeißen.«

»Werfen! Wenn du das mit *Rune* nicht anpackst, das wäre Handtuchschmeißen.«

»Und du wärst wirklich nicht enttäuscht, wenn ich davonfliege?«

»Ich hatte niemals vor, dich umzubringen! Aber in deinem Kokon wird es langsam zu eng.« Colette ruderte mit den Armen. »Und ich schwöre dir, ich beschäftige mich momentan auch mit Schlüpfen! Zwei Agenturen haben zugesagt und in beide werde ich reinschnuppern. Um mich mach dir bitte keine Sorgen!« Von den Salamischeiben legte sie sich gleich vier aufs Brötchen. Martha trank nur einen Becher Kaffee. Mehr ließ ihr Magen nicht zu.

»Ich kann doch nicht einfach sagen, hallo Rune, ich ziehe jetzt bei dir ein. Darüber haben wir nie gesprochen.«

»Dann flieg hin und sprich drüber.«

»Für dich ist immer alles so einfach.«

»Yepp!« Colettes Vier-Finger-Faust schoss in die Höhe.

Martha bestieg zwei Tage später den Flieger. Ina meinte, so schnell könne sie nun auch wieder nicht stricken. Die sogenannte Zukunft war dann aber doch kein Gesprächsthema, auch weil sich bei Martha Bedenken regten. Es ging alles so schnell. Sie fing gerade erst an, sich als freier und selbstbestimmter Mensch zu fühlen. Wenn ich wieder, sobald sich ein Alltag eingespielt hat, nur als Frau an Runes Seite ende wie bei Karl? Rücksicht nehmen, … ich werde mich wahrscheinlich ganz schnell wieder unterordnen, werde verlieren, was ich gerade erst gewonnen habe.

Aber da war noch die Sache mit der Liebe, und als Rune sie bat, wenigstens ihre Zahnbürste dazulassen, nahm sie sich das mit der Zukunft für das nächste Mal vor.

VOGELPERSPEKTIVE

Die Temperaturen waren eisig und Raureifkristalle überzogen jeden noch so winzigen Ast der Apfelbäume, als wollten sie zur weihnachtlichen Stimmung beitragen. Die blasse Wintersonne hatte ein kreisrundes Loch in das wolkenlose Blau des Himmels gestanzt und in der Küche roch es nach Tanne und Holzfeuer.

Colette war begeistert. Sie stapfte mit der Kamera über das gefrorene Gras, das unter ihren Füßen knisterte.

Rune und Martha schauten ihr nach. Irgendwann war sie verschwunden.

»Würdest du sie vermissen?« Runes Blick hing noch immer dort fest, wo Colette schon gar nicht mehr zu sehen war.

»Warum fragst du?«

»Weil es weh tut, wenn man jemanden vermisst.«

»Vermisst du deine Frau?«

»Manchmal.« Rune holte seinen Blick aus der Ferne zurück und sah Martha an. »Ich vermisse dich, wenn du nicht da bist.«

»Und das tut weh?«

»Ungemein.«

Martha sehnte sich mit jedem Kilo ihres Körpers nach Runes Nähe. Und genau so sagte sie ihm das auch.

Heiligabend waren sie zu viert. Ina brachte Klöße und Rotkraut mit, beides selbstgemacht. Die Gans war noch im Sommer glücklich in den Streuobstwiesen eines Nachbarn herumgelaufen. Martha hatte ein Zimtparfait mit Apfelkompott zubereitet und Colette war überall mit der Kamera dazwischen.

Die Geschenke packten sie aus, da waren die Bäuche voll und eine wohlige Trägheit lag in dem überheizten Wohnzimmer. Bachs Weihnachtsoratorium wurde schweigend wertgeschätzt, doch als das verhaltene Papierrascheln aufhörte, überschlugen sich Begeisterung und Dankesworte. Martha drehte sich in einer roten Jacke mit dem Rosenmuster am Saum, während Rune sich maßlos über den gerahmten Kunst-

druck dreier Sternrenetten freute. Colette fiel Ina um den Hals, um den eigenen schlang sich ein Schal, auf dem sich Rauten, Sterne, Blumen, Karos und Girlanden in Orange- und Gelbtönen drängten. Für Rune gab es noch einen Rollkragenpullover in Dunkelgrün und Ina bedankte sich für ein Monopolyspiel aus Holz. Als Martha zuletzt das kleine Kästchen öffnete, das sie von Rune bekommen hatte, nahm sie plötzlich alles nur noch verschwommen wahr. Dass sie sich mit ihrer Entscheidung Zeit lassen sollte, verstand sie dennoch ganz deutlich. Im Kästchen lag ein Schlüsselanhänger mit einem silbernen Apfel.
Colette sagte, ihr Geschenk gebe es erst später, daran müsse sie noch arbeiten, und Ina schlug vor, in der Zwischenzeit Monopoly zu spielen.

Der Deich glich nach dem späten Frühstück einer hochfrequentierten Pilgerstrecke mit viel Hoffnung auf Vergebung der vorangegangenen kulinarischen Sünden. Colette blieb bis zum Abend in dem Gästezimmer mit dem prallen Federbett und dem roten Sessel, und als sie in die Küche kam, standen schon die aufgewärmten Reste von Heiligabend auf dem Tisch.

Ina wollte nur noch den zweiten Socken abketten – für Colette, aus der Restwolle vom Schal – sich dann ins Auto setzen und auch gleich kommen.

Colette hatte aus all dem, was sie in den letzten Tagen mit der Kamera eingefangen hatte, einen kleinen Film zusammengeschnitten. Mit den ersten Tönen von *El condor pasa* hob eine Krähe von einem der mit Eiskristallen bewachsenen Apfelbäume ab. Die Zuschauer flogen mit. Über das Haus, die Bäume, die Wiesen, das Wasser.

»Wie hast du das gemacht?« Martha flüsterte.

»Mit einer Drohne. Mein Weihnachtsgeschenk an mich!«

Dann sahen sie Martha Äpfel schälen, Rune Holz schleppen und eine Gans im Ofen schmoren. Der Baum bekam sein Festkleid im Zeitraffer und die Stimmung am gedeckten Tisch wich keinen Deut vom Erlebten ab.

Martha in der Rosenjacke, Colette im dicken Schal, Rune verliebt und Ina als Immobilienmogul bei Monopoly.

»So schön!« seufzte Martha, und Rune und Ina nickten ergriffen. Und das war es auch. Wunderschön! Warum dann noch Zweifel haben, dachte Martha. Warum sich von der Vergangenheit ausbremsen lassen? Warum nicht die Ausfahrt nehmen, wie sie es schon mit Rasvan getan hatte? Mach doch …

Die Stimmen der anderen wurden zu einem Raunen, während Martha eine Fülle an Gedanken vor sich herschob.

»M a r t h a! H a l l o! Was meinst du?«

»Ich? Ehm … ich meine, Colette sollte den Film ein Stück zurückspulen.«

»Aber wir hatten doch gerade darüber gesprochen, ob …« Colette schaute etwas verwirrt.

»Nur ein kleines Stück. Bitte.« Martha stand auf. »Stopp … wieder etwas nach vorne … stopp!« Sie zeigte auf den Anbau, der sich hinter dem Haupthaus duckte. »In dieser Scheune steht nur Gerümpel. Und bevor ich an dem silbernen Apfel einen Schlüssel festmache … also, ich könnte mir sehr gut ein kleines Café darin vorstellen.« Sie schaute Rune an. Der verschränkte die Arme vor dem neuen Rollkragenpullover und schloss die Augen.

»Natürlich nur, wenn du nichts dagegen hast!«

Ina sprang auf, klatschte in die Hände und meinte, die Scheune habe längst Besseres verdient als nur Gerümpel. Colette spulte vor und zurück und nickte unablässig mit dem Kopf.

Dann richteten sich sechs Augenpaare erwartungsvoll auf Rune, der mit ernster Miene in die Runde blickte.

»Ich werde darüber nachdenken.«

»Es ist nur so eine Idee …So ganz ohne Aufgabe …« Martha legte ihre Hand auf Runes Arm.

»Es lohnt sich, darüber nachzudenken.« Lächelnd zog Rune Martha zu sich heran.

»Ich würde das Café nur an den Wochenenden öffnen. Für die Ausflügler, die ins Alte Land kommen. Und ich würde ausschließlich Äpfel in meinen Kuchen eine Rolle spielen lassen. Deine Äpfel. Und ich würde die Gäste über die Vorzüge jeder einzelnen Apfelsorte aufklären. Die Kuchen kämen auf Teller und der Kaffee oder der Tee in Tassen, die ich mit Colette auf Flohmärkten zusammensuchen werde. Und wenn Ina nichts dagegen hat …«

»Also *nur so eine Idee*?« Rune lachte. »Dafür scheint mir der Plan aber schon sehr ausgereift.«

»Nachtarbeit. Ich habe kaum geschlafen.«

»Und was meinst du, womit ich die Nacht verbracht habe?« Rune holte die Frühstücksbrötchen aus dem Backofen. »Ich möchte vor allem, dass du glücklich und zufrieden bist. Gleich im neuen Jahr lasse ich die Scheune entrümpeln. Und dann brauchen wir einen Architekten. Und uns erwarten jede Menge Behördengänge: Konzession, Gesundheitszeugnis, Versicherung. Eine Finanzierung brauchen wir nicht, ich steige als Investor ein!« Er stieß mit seinem Kaffeebecher gegen den von Martha.

»Auch ich habe Rücklagen. Schlucken lassen möchte ich mich nicht!«

»Auf eine wunderbare Partnerschaft!« Diesmal krachten die Kaffeebecher aneinander.

»Ich liebe dich, Rune.«

»Ich dich auch, Martha.«

Das Frühstücksgeschirr stand noch gegen Mittag auf dem Tisch, an dem sich irgendwann auch Colette eingefunden hatte. Die löffelte ein Glas Apfelgelee leer, während weiterhin an einer absehbaren Zukunft geschmiedet wurde.

»Und wann ziehst du bei Rune ein?« Sie zog den Löffel langsam und genussvoll aus dem Mund.

»Meine Zahnbürste ist ja schon da, wir müssten nur noch den Rest holen.«

»*Wann*, habe ich gefragt.« Colette stellte das leere Glas auf den Tisch. »Das war lecker, aber ich glaube, gleich wird mir schlecht.«

»Wir nehmen das Auto, ich fahre mit euch nach Antwerpen.« Rune fing an, den Tisch abzuräumen, Widerstand schien er gar nicht zu erwarten.

»Wann?« Martha und Colette fragten gleichzeitig.

»Was haltet ihr vom dreißigsten?«

»Das wäre ja in vier Tagen!«

»Hattest du nicht vorhin von Nägeln mit Köpfen gesprochen?« Rune schlug die Tür der Spülmaschine zu und Martha dachte kurz darüber nach, ob sie Karl in achtunddreißig Ehejahren jemals bei solch einer Tätigkeit hatte beobachten können.

RADISSON BLUE

Martha bestand auf dem roten Sofa.

»Wenn wir zusammenrücken, wird das schon gehen.«

Rune bestand auf Probeliegen. Das reichte aus, über ein Hotel nachzudenken.

Die Absteige in der Nähe kam nicht in Frage, und als Colette über den Laptop gebeugt nach Alternativen suchte, schrie Martha: »Radisson blue!«

Colette meinte, dass der noble Laden schweineteuer sein müsse, aber Martha war das schnurzegal.

»Damals, als ich nach Günzburg zurückgehen musste, hatte ich mir geschworen, irgendwann einmal eine Nacht dort zu verbringen. Jetzt werden es zwei in einem Doppelzimmer!« Rune hatte nichts gegen all die Küsse und Marthas Tanzeinlagen, beharrte aber darauf, die Rechnung zu übernehmen.

»Ich hatte immer nur hinüberschauen können, mehr konnte ich mir nicht leisten. Und weil ich es mir heute leisten kann, leiste ich es mir auch!« Colette buchte online und schrieb anschließend einen Einkaufszettel fürs Silvestermenü.

»Ich kann euch keine vier Sterne bieten, aber wenn wir hier feiern, ist die Stimmung garantiert und inklusive!«

Marthas Stimmung bekam erst einmal einen Dämpfer, als sie anfing, die graue Militärkiste zu leeren. Jedes Stück hatte seine Geschichte. Ausschließlich Fundstücke aus Secondhandläden oder vom Flohmarkt. Trophäen einer sich unverhofft entwickelten Jagdleidenschaft. Sie waren immer zu zweit unterwegs gewesen. Die grüne Bluse mit den Trompetenärmeln! Colette hatte sie ihr ausreden wollen und schließlich hatte die Frau sie ihr zum halben Preis überlassen. Der Glockenrock mit dem Karomuster! Damals war er zu eng. »Da hungere ich mich rein«, hatte Martha gesagt und es auch geschafft. Die Weste mit dem kaputten Reißverschluss! Den wollte sie schon so lange ausgewechselt haben. Das bunte Baumwollkleid, das noch auf den Sommer warten musste …

Martha weinte leise ein paar wehmütige Tränen, während Rune nebenan die Küchenmaschine im Originalkarton verstaute.

»Erledigt!« Mit dem Paket vor dem Bauch stand er im Wohnzimmer. »Aber Martha, was ist denn …« Die Küchenmaschine landete unsanft auf dem Boden. Martha schluchzte in Runes Armen, der kein Wort verstand, aber sofort begriff. Als Colette mit zwei vollen Einkaufstüten wieder auftauchte, lagen Martha und Rune auf dem Fußboden vor dem roten Sofa. Wer jetzt wen festhielt, konnte sie nicht erkennen. Martha hob leicht den Kopf und sagte: »Ich werde dich vermissen, Colette!«

Die schniefte später beim Zwiebelschneiden, und als sie beim Schälen der Kartoffeln immer noch schniefte, nahm Martha sie in den Arm.

»Jetzt wird auch noch das Küchenstudio abgebaut!« heulte sie. Rune, der gerade die Kabel von der Beleuchtung aufrollte, schaute irritiert. »Ja, ist das jetzt falsch, was ich mache?

»Nein, alles richtig.« Das kam unisono.

Im Radisson Blue spürte Martha nichts mehr vom Abschiedsschmerz. Jetzt war sie nur noch überwältigt von der Würde, die das Zimmer ausstrahlte. Solch schwere Vorhänge konnte sie sich auch in den Empfangsräumen des Bundespräsidenten vorstellen, und das Bett mit seinen majestätischen Ausmaßen ließ den Designerzweisitzer beinahe zerbrechlich wirken.

Kingsize. Die vielen Kopfkissen erinnerten sie an die Prinzessin auf der Erbse. Wie eine Königin wollte sie in dem duftenden Weiß versinken, hatte aber Hemmungen, die geglättete Ordnung durcheinanderzubringen. Rune hingegen war die Ordnung völlig egal und er brachte sie dann auch ziemlich durcheinander. Nicht ohne Martha. Die hatte inzwischen auch jegliche Zurückhaltung abgelegt.

Es gelang ihr nicht, einzuschlafen. Ohne ihn zu wecken, löste sie sich aus Runes Armen. Im hoteleigenen Bademantel – wenn schon im Preis inbegriffen, wollte sie ihn auch nutzen – ging sie zum Fenster. Der Bahnhof! Direkt gegenüber! Den bemerkte sie erst jetzt. Hell erleuchtet strahlte er ihr entgegen. Martha strahlte zurück. Allerdings erschien ihr der Blick von oben von einer

Selbstgefälligkeit, die sie keinesfalls zulassen wollte. Das hatte der Bahnhof nicht verdient.

»Fietsenstalling …« hauchte sie gegen die Scheibe und schrie erschrocken auf. Rune stand hinter ihr und hatte seine Hände auf ihre Schultern gelegt.

»Ich habe so gefroren …« Martha zitterte. Mit den Raumtemperaturen im Radisson Blue hatte das nichts zu tun.

EIN NEUES JAHR

Colette hatte Papierhütchen gebastelt. Kleine, bunte Kegel, aus deren Spitzen Luftschlangenbüschel ragten. Rune lästerte über die *Vulkanausbrüche*, außerdem war das Gummi viel zu eng.

Die Küche sah aus, als sollte gleich ein Kindergeburtstag stattfinden. Luftballons, Girlanden, Konfetti. Der Tisch wiederum war sehr stilvoll gedeckt. Weißer Damast, Geschirr mit Goldrand und ein wunderschönes Gläsersammelsurium. Das Besteck hatte Colette in Stoffservietten eingewickelt. Messer und Gabel mussten versteckt werden, konnten bei dem Glanz nicht mithalten. Als Vorspeise gab es gebratene Jakobsmuscheln auf Blattspinat mit Safranschaum. Es folgte Kabeljau mit Petersilienpüree und Paprikasoße. Vom kalten Weißwein beschlugen die Gläser, die viel zu schnell nachgefüllt wurden. Martha befürchtete bei dem Tempo einen allgemeinen Absturz vor dem Champagner um Mitternacht.

Kein Wein mehr vor dem Dessert! Da war man sich einig. Die Zwangspause füllten sie mit Beruferaten. Pantomimisch. Colette pflanzte als Gärtnerin einen Baum. Martha tippte auf Totengräber, als sie anfing mit einem imaginären Spaten ein Loch auszuheben. Rune spekulierte auf Mörderin, die eine Leiche verschwinden lassen musste, meinte es aber nicht ernst. Als der Baum im Loch versenkt wurde und Colette die Krone andeutete, war alles klar. Der Punkt ging an den Apfelbauer.

Martha musste Zähne ziehen und Rune mühte sich mit der Kindergärtnerin ab. Martha und Colette lachten Tränen, auch weil Runes Hütchen dabei auf den Hinterkopf gerutscht war. Auslachen lassen wollte er sich nicht, er ging zurück zu seinem Platz und nahm das Hütchen vom Kopf. Jetzt lachten die Frauen wegen der roten Striemen vom Gummiband.

»Kein Wein vor dem Dessert!« Colette nahm Rune die Flasche aus der Hand und Martha küsste ihn.

»Ich mache nur noch mit, wenn wir über intelligent gestellte Fragen die Berufe erraten!« Martha und Colette rissen sich zusammen.

Nach dem Steinmetz, der Hörakustikerin – die war eine ganz harte Nuss – und der Hebamme löffelten sie schweigend die Vanillecreme mit Rotweinbirnen. Mag sein, weil sie so gut schmeckte, mag sein, weil jeder über das heranrückende neue Jahr nachdachte, in dem sich für alle etwas ändern würde. Es fehlten noch eine Stunde und einunddreißig Minuten.

Draußen krachten die ersten Raketen und drinnen modellierten sie Gegenstände aus Knete, die es zu erraten galt. Rune beschwerte sich, dass seine großen Hände für solche Feinarbeiten nicht taugten und er sowieso schon längst aus diesen ganzen Spielchen rausgewachsen sei.

»Spielverderber!« Colette zerdrückte ihr Werk, aus dem sich bisher noch nichts erkennen ließ und stachelte Martha an, den Spielverderber zu kneten.

»Wie jetzt …?« Martha schaute irritiert.

»Na, ich meine *formen*, … Runes Kopf aus Knete modellieren!«

Der hatte nichts dagegen, solange er nicht mitmachen musste. Er entkorkte eine neue Flasche Weißwein und fing an, über die Zukunft zu reden, die in achtundvierzig Minuten ihren Anfang nehmen würde.

»Im Gegensatz zu euch muss ich mich von nichts trennen, abgesehen von der Ungebundenheit, aber das betrachte ich nicht als Verlust. Ich freue mich auf die Zweisamkeit mit dir, Martha.« Ihr Kopf landete zwischen seinen Schraubstockhänden, die so unendlich zärtlich waren. »Und in dieser Zweisamkeit soll jeder seine Eigenständigkeit behalten. Aber das sagte ich ja schon. Deine Idee mit dem Café gefällt mir immer besser! Und anstatt hier rumzukneten, solltet ihr euch Gedanken über einen Namen machen.«

»Alles Apfel, oder was?« Colette kicherte und drückte mit den Fingerspitzen eine Nase in den Knetkopf.

»Backapfel, Apfeltraum, Apfelsünden.«

»Apfelsünden! Wer will schon ein schlechtes Gewissen haben, wenn er in deinen Laden kommt und es sich gutgehen lassen will?«

»Aber *Alles Apfel, oder was?* … das klingt nach Eckkneipe! … Apfelliebe, Apfelglück.«

»Und drinnen rosafarbene Polsterstühle und Häkelgardinen!«

»Wie wäre es mit einem brauchbaren Vorschlag, anstelle von Meckern!«

»*Ich* mache den Vorschlag, die Sektgläser bereitzustellen und den Schampus aus dem Kühlschrank zu holen.« Rune klopfte auf seine Armbanduhr. »Noch drei Minuten.«

Der Champagnerkorken knallte im Wohnzimmer, wo der Fernseher lief und auch draußen knallte es schon recht ordentlich. Der Dom Pérignon schäumte in den Sektflöten.

Gelukking nieuwjaar! Im Fernseher rieselte glitzerndes Konfetti über eine jubelnde Menge und Rune, Martha und Colette ließen die Gläser klirren. Durchs Wohnzimmerfenster schauten sie in den Antwerpener Nachthimmel, soweit die Aussicht das zuließ, und schickten dem bunten Lichterregen ihre *Aaaahs* und *Oooohs* hinterher.

»Jetzt küsst euch endlich! Nur weil ich hier als Single rumstehe, müsst ihr keine Hemmungen haben!« Hatten sie dann auch nicht mehr.

Aus dem Fernseher dröhnte Discomusik. Colette fing an zu tanzen. Rune und Martha kamen über ein rhythmisches Schaukeln nicht hinaus, mussten sich aber schließlich der selbsternannten Animateurin beugen. Arme, Beine, Hüften, Kopf.

Alles synchron. Colette duldete keine Abweichungen. Dass Rune zwischendurch die Champagnerreste ausschenkte, ließ sie durchgehen. Später holte er die angebrochene Flasche Weißwein aus der Küche und im Fernsehen brachten sie die Hits der Achtzigerjahre. Die wirkten wie ein Jungbrunnen.

Born To Be Alive, I Feel Love von Donna Summer, *Relight My Fire, Upside Down* von Diana Ross. Bei *Daddy Cool* von Boney M. versuchte Rune, wie der Sänger zu tanzen, und den Backup-Sängerinnen Martha und Colette dienten die Sektflöten als Mikrofone. Das Wackeln mit den Köpfen gelang nicht durchgängig. Sie brüllten vor Lachen und dann leerten sie den Weißwein. Rune machte eine neue Flasche auf. Getanzt wurde nicht mehr.

»Schernrenette …« lallte er. Sein Beitrag zur Namensfindung für das Café.

»Du bist mir der liebste Apfelbauer, den ich kenne!« Colette schwankte mit dem Glas in der Hand auf ihn zu. »Aber der Vulkanausbruch, der muss!« Sie zog ihm umständlich das Hütchen wieder auf.

Martha saß zusammengesunken auf dem Sofa und schlief.

Das neue Jahr startete mit einem blauen Himmel und das Morgenlicht beschien, was so nicht geplant gewesen war. Martha und Rune stöhnten während der mühsamen Suche nach einer schmerzfreien Körperhaltung. Die zerknautschten Hütchen sprachen für den Allgemeinzustand.

»Wir könnten wenigstens zum Frühstücken ins Radisson Blue, was meinst du? Wir müssen sowieso hin, unsere Zahnbürsten abholen.« Martha machte sich auf dem Sofa lang, nachdem Rune aufgestanden war.

»Mir ist schlecht.« Rune fuhr mit der Zunge über seine Schneidezähne. »Zahnbürste scheint mir sinnvoll.«

Sie wollten mit der Straßenbahn zum Hauptbahnhof fahren. Die kalte Luft an der Haltestelle tat ihnen gut. Martha schob Feuerwerkskörper-Leichen mit dem Fuß hin und her. Geredet wurde nicht. Auch nicht in der Bahn. Martha beneidete nur den Fahrer, der sich mit dem Feiern sicherlich hatte zurückhalten müssen.

Im Hotelzimmer warfen sie sich umgehend auf das faltenfreie Bett mit den vielen Kopfkissen und schlossen die Augen.

Rune tastete blind nach dem Telefon an seiner Seite. »Could we have the room for another night?«

»Wir können …«

»Was?« nuschelte Martha schlaftrunken.

»Hier erstmal ausschlafen.«

Damit hatte Martha bereits begonnen.

Am späten Nachmittag wurden sie wach, duschten und machten einen Spaziergang zum Stadtpark. Martha zeigte ihm die Bank, auf der sie vor einigen Monaten sterbenskrank gesessen hatte. Anschließend gingen sie zum Bahnhof und auch Rune kam aus dem Staunen nicht heraus. Er nannte ihn ein Prachtstück und wollte auch *Le Café Royal* nicht auslassen.

»Ich fühle mich zwar immer noch nicht königlich, könnte aber schon wieder was im Magen haben.«

Sie wurden mit *Gelukkig nieuwjaar* begrüßt und mussten auf die Käsekroketten mit Krautsalat nicht lange warten.

Die Nacht im Radisson Blue war kurz, was an den tagsüber verschlafenen Stunden lag. Zwei Filme aus der Hotel-Videothek konnten dann doch irgendwann die nötige Bettschwere liefern. Fürs Frühstück nahmen sie sich viel Zeit. Martha rechnete nicht in Kalorien – das tat sie mit zunehmender Selbstzufriedenheit schon lange nicht mehr – sie überschlug lediglich, wieviel sie essen mussten, um das verpasste *ontbijt* wieder reinzuholen. Rune musste immer noch von den Käsekroketten aufstoßen, später war es dann der gebeizte Wildlachs.

Colette hatte sich nur von trockenem Toastbrot ernährt. Sie sah auch am dritten Tag des neuen Jahres noch ziemlich blass aus. Ihr Gesicht bekam erst durch das Treppauf und Treppab etwas Farbe, als sie half, Marthas Sachen in Runes Auto zu verstauen. Das war gar nicht so viel, aber Colette spürte, dass ihr jede Menge fehlen würde.

Der Abschied war tränenreich und voller gegenseitiger Versprechen. Colette winkte noch, da war von Runes Auto nichts mehr zu sehen.

Auf dem Küchentisch lagen die beiden Knetköpfe. Zweimal unverkennbar Rune mit einem zufriedenen Lächeln. Aus dem einen Rune modellierte Colette eine Martha und stellte die beiden neben die Sukkulente auf die Fensterbank.

ZWEI JAHRE SPÄTER

»Den hab ich erfunden!« Janek zeigte auf das ovale Emailleschild über dem Scheunentor. *Apfelbäumchen.* Ein geschwungener Schriftzug in Braun auf hellgrünem Hintergrund, eingerahmt von zarten weiß-rosa Apfelblüten.

Heute geschlossene Gesellschaft hing am Gartentürchen und das Schild würde auch morgen noch dort hängen. Martha hatte die Familie zum Wochenende eingeladen, dem die Meteorologen ein Traumwetter versprochen hatten. Die Familie, das waren Markus, Caroline, Lotte, Florian und Alexander, Franziska und Janek. Ingo hielt es immer noch mit Herbert Grönemeyer, wobei Martha weiterhin bereit war, ihm die Liebe zu geben, von der er behauptete, sie nicht zu brauchen.

»Ein Postkartenidyll!« sagte Caroline und fuhr mit ihrer Hand über einen blühenden Apfelbaumzweig, ohne ihn zu berühren.

»*Meine* Postkarte hängt an der Wand, wo die Kuchen stehen und der Kaffee gemacht wird!«

Die hatte eines Tages im Kasten gelegen. Janeks Vorschlag zur Namensfindung, an der alle mitgebrütet hatten.

Apfelbeumschen In alle Richtungen kippende Druckbuchstaben aus dicken Bleistiftstrichen und darunter ein Bäumchen mit roten Äpfeln.

Nachdem er zum x-ten Mal dafür gelobt worden war, rannte er wieder zur Wiese, wo Florian versuchte, einen Ball an Rune vorbeizukicken. Lotte durfte auch mitspielen.

»Was willst du mehr?« Colette legte eine Hand auf Marthas Schulter.

»Warum hinterlässt Glück keine Spuren, im Gegensatz zu Schmerz?«

»Keine Spuren? Gegen dein Strahlegesicht ist eine Taschenlampe mit dreitausend Lumen ein Nichts!«

Colette war schon lange kein Gast mehr und auch das Gästezimmer, das sie bewohnte, nannten sie nicht mehr Gästezimmer. Mittlerweile gestaltete sie erfolgreich Webseiten, was kein festes Büro erforderte. Die Wohnung in Antwerpen hatte sie allerdings immer noch.

Ina rief zum Essen. Sie hatte Labskaus gemacht. Ihre Überzeugungsarbeit hinsichtlich der Norddeutschen Hausmannskost blieb trotz erheblicher Gegenwehr ungebrochen.

»En hungrigen Mund lett sik nich lang nödigen!« Lotte weinte, weil sie das Spiegelei erst essen durfte, wenn sie wenigstens einen Löffel probiert hatte.

Was ihre Strickleidenschaft anging, da fühlte sich keiner genötigt, wenn an ihm Maß genommen wurde. Ina hatte sie alle vermessen. Wenn es einen Strickmarathon gäbe, die Pokale würden sich aneinanderreihen wie Hühner auf der Stange.

Martha hatte ihr im Café ein Plätzchen eingeräumt. Dort, wo eine Wand herausgerissen wurde und alle Stützbalken stehen geblieben waren, belegte sie ein paar Quadratmeter mit ihren wolligen Werken. Die gingen weg wie Marthas Apfelkuchen. Wenn sie sich nicht in ihrem kleinen Reich aufhielt, war sie meist hinter der Edelstahl-Theke, die sich am anderen Ende gegenüber dem großen Scheunentor befand. Dann war in der

Regel viel los, und sie arbeitete sich an den Getränkebestellungen ab.

Die begehrtesten Plätze im *Apfelbäumchen* waren die beiden schlichten apfelgrünen Designer-Sofas an der Fensterfront. Martha wollte die Landhausromantik nicht durchweg bedienen, nur die runden Tischplatten waren aus gebürstetem Holz alter Balken. Von den grauen Schalenstühlen aus Kunststoff mit verchromten Beinen standen jeweils vier um einen Tisch. Zwei rostfarbene Metallringe mit ordentlichem Durchmesser und dementsprechend reichlich eingeschraubtem Leuchtmittel hingen vom Deckengebälk und sorgten für Licht, wenn von draußen nicht mehr genug reinkam.

Viele Ausflügler waren enttäuscht, weil das *Apfelbäumchen* nur an den Wochenenden geöffnet war. Das steigere die Sehnsucht, meinte Martha. Sie wusste, wovon sie sprach. Rune stand auch nicht immer zur Verfügung. Und das war auch gut so.

»Bei Papa ist jetzt die Putzfrau eingezogen«, sagte Markus, als er sich verabschiedete.

Martha winkte länger hinterher als nötig. Das Zuviel war für Karl.

Auf dem Weg zurück ins Haus schien sie zu schweben.

Rune würde schon den Tisch fürs Abendessen gedeckt haben.

Maria Hellmann Bücher:

ZUWEILEN SINGT DIE CALLAS – Ein Haus in Italien
Autobiografischer Roman

Ist das alles so richtig?
Diese Frage stellen sich die Heidemanns, nachdem sie einen Kaufvertrag für ein kaputtes Landhaus in Italien unterschrieben haben. Eine Entscheidung, die aufgrund der Umstände in kurzer Zeit gefällt werden muss, denn Heidemanns leben noch in Asien.
Manchmal ist es gar nicht so schlecht, wenn für Grübeleien und Abwägungen wenig Zeit zur Verfügung steht. En kaputtes Haus wieder ganz machen ist ein Traum, den beide träumen. Manchmal wird er zum Albtraum.

BLÄSESCHEISSER – eine 60er Jahre Kindheit
Autobiografischer Roman

Die 60er Jahre – das Wirtschaftswunder verspricht Wohlstand für alle. Sie gehören nicht dazu: Der Vater Frührentner, die Geschwister zahlreich. Aber trotz – oder gerade wegen – Mangel ist die Kindheit eine glückliche.
Maria Hellmann schaut zurück. Gedankensprünge einer Dreizehnjährigen, die sich, auch ohne Telefon, Fernseher und Auto, nicht zu den Verlierern zählt.

WAS SIND SCHON DREI TAGE – eine fast unmögliche Liebe
Roman

Was sind schon drei Tage? Charlotte korrigiert sich auf zwei, die Zeit des ›Widerstands‹ musste sie abziehen und sie fragte sich, ob zwei Tage für so starke Gefühle ausreichen.
Für Paul Pokatzky sind sie ausreichend. Für ihn gibt es keine Zweifel. Er ist bereit, all das hinter sich zu lassen, was ihm von Kindheit an das Leben schwer macht.
Über eine Partnerbörse lernen sie sich kennen. Das persönliche Aufeinandertreffen findet in Italien statt, wo Charlotte ein abgelegenes B&B betreibt. Drei Tage, in denen sie sich näherkommen und die sie an eine gemeinsame Zukunft glauben lassen.
Doch ein kleiner Zwischenfall beim Frühstück vor Pauls Abreise ist der Anfang einer Reihe dramatischer Enthüllungen.

Website:
www.mariahellmann.de

Social Networks:
https://facebook.com/zuweilensingtdiecallas/